刘黎平◎著

古典名著里的

写作课

一本名著读出

生花
妙笔

北京工业大学出版社

图书在版编目（ＣＩＰ）数据

古典名著里的写作课：一本名著读出生花妙笔 / 刘
黎平著 . -- 北京：北京工业大学出版社，2019 6
ISBN 978-7-5639-6765-0

Ⅰ . ①古… Ⅱ . ①刘… Ⅲ . ①作文课—中学—教学参
考资料 Ⅳ . ① G634.343

中国版本图书馆 CIP 数据核字 (2019) 第 076510 号

古典名著里的写作课：一本名著读出生花妙笔
GUDIAN MINGZHU LI DE XIEZUO KE:
YI BEN MINGZHU DUCHU SHENGHUA-MIAOBI

著　者：刘黎平
责任编辑：钱子亮
封面设计：资　源
出版发行：北京工业大学出版社
　　　　　　（北京市朝阳区平乐园100号　邮编：100124）
　　　　　　010-67391722（传真）bgdcbs@sina.com
经销单位：全国各地新华书店
承印单位：天津中印联印务有限公司
开　本：889毫米 × 1194毫米　1/32
印　张：8
字　数：131千字
版　次：2019年6月第1版
印　次：2019年6月第1次印刷
标准书号：ISBN 978-7-5639-6765-0
定　价：36.00元

一个人人生的成功，某种程度上取决于表达的成功。而写作，是人们最重要的表达能力之一。

中华民族历来重视表达，尤其文字表达能力强的人，往往备受敬仰。例如三国时期"七步成诗"的曹植，他快速成文的能力，甚至被传为"神话"，至今被人膜拜。

自古以来，衡量一个人的标准当中，往往包含了文学标准。比如诸葛亮，他为人所称道的，除了杰出的政治和军事才能，也包括他写下的《出师表》。再如宋代的文天祥，后人称道他的气节，同时也为其出众的文学才华叹服——"人生自古谁无死，留取丹心照汗青"，"天地有正气，杂然赋流形"，这些都是人们耳熟能详的句子。再如我们的民族英雄林则徐，人们除了赞许他虎门销烟的勇气，同时也传诵他"苟利国家生死以，岂因祸福避趋之"的诗句。可以说，他们能名垂青史，也跟他们的文学才华分不开。

中国古代的杰出人物，往往既学习了很多前代的佳作，也留下了不少自己的名篇。如今我们所提倡的优秀的语言表达能力，其提升的秘诀就蕴藏在这些名篇佳作之中。

本书即希望将古典名篇佳作中卓越的语言文化宝藏，以新的视角充分挖掘出来，供更多的人——尤其年青一代——在实际创作中借鉴和学习，再加以创新。因为只有先学习经典，再创作更多的经典，经典才能一代又一代地传承下去。

目录

佳构篇

高明的作品构想往往很奇妙

技击篇

为自己的创作找到更好的句子

细节篇

厉害的故事高手下笔都很细

漂亮的文章，往往自带"表情包"

麦克柯诺尔完全变了样子。他满脸通红，一直红到发根，鼻翼由于内心激动张得大大的，额上冒出豆大的汗珠，一条深深的皱纹从紧咬着的嘴唇向气势汹汹地往前突出的下巴伸展过去……眼里闪烁着一股无法遏制的怒火，这种怒火通常只有赌台旁边的赌徒才有……

——《象棋的故事》，斯蒂芬·茨威格

漂亮的文章，往往是自带"表情包"的。写到开心，我们真会笑；写到伤心，我们真会哭。例如古典名著《儒林外史》就是这样。为什么文字会自带"表情包"呢？不妨就以《儒林外史》为例，看看作者有着怎样的"超能力"。

《儒林外史》里开场写的是元代末年著名画家王冕。这位大师画画荷花，赶赶牛车，表情比较清高、淡泊，有点让人记不住。不过，这仅仅是个引子，接下来作者笔下一系列的人物"表情包"，那可就是"重口味"了。

为儒林芸芸众生掀开帷幕的，就是主人公之一周进的一场大哭。

吴敬梓写哭，那是一点都不客气，几乎用了移山填海之力。你看周进，五十多岁了生活无着落，只好跟一群商人去省城做生意，有一天闲来无事去看贡院，也就是科举考试的考场。结果了不得，这周进不看则罢，一看便撞昏过去，醒来之后就放声大哭，哭了上半场哭下半场，哭了下半场还要加时，"一号哭过，又哭到二号、三号，满地打滚，哭了又哭"。众人劝住，请他喝了碗茶，还有余哭，"犹自索鼻涕，弹眼泪，伤心不止"。这种哭的阵势，如果换到现在，估计要用到十几个大哭的表情包。周进为什么哭？原因是他年过半百了，连个秀才都不是，从来没有资格上贡院来考举人，自然心酸不已。

道理我们都知道，但作者吴敬梓用这么大的阵势来写哭，合适吗？

当然合适。为什么？因为这在前面已有铺垫，有酝酿。在周进贡院大哭之前，周进的委屈已经被展现得淋漓尽致。第二回里写周进的不得意，有诸多细节。比如职业上的不得意，考不上功名，只好来村里教书，教得自己神愁鬼怨。"那些孩子就像蠢牛一般，一时照顾不到，就溜到外面去打瓦踢球，每日淘气不了。周进只得捺定性子，坐着教导。"

学生不让人省心，社会上的那帮势利之徒更不让人省心。

王举人来周进教书的庄上喝酒吃饭，看见年龄比他大的周进，居然"也不让周进，自己坐着吃了"。人家是酒饭鸡鸭鱼肉堆满，周进却是"一碟老菜叶，一壶热水"。第二天，满地狼藉却让周进来打扫，"撒了一地的鸡骨头、鸭翅膀、鱼刺、瓜子壳，周进昏头昏脑，扫了一早晨"。

王举人和周进，只不过一个考上了举人，一个还连秀才都不是，受到的待遇却有天壤之别。吴敬梓这么不吝笔墨地写他的委屈，一丝一缕地描绘，就是要积蓄势能，然后在省城贡院一股脑地倾泻出来。在前面积蓄的基础上，我们才明白周进早就该哭了，只不过是憋着，直到外界诱发，再也憋不住了。读到这里，想必我们的眼前，也会浮现出当年满头白发的周进在乡村私塾忍气吞声，扫一地垃圾的画面。过去的画面有多委屈，今天的悲伤就有多深沉，这是一个分外悲辛的"表情包"。

周进后来发达了，又提携了几乎同样遭遇的范进。范进的"表情包"是疯，其实，他的疯是哭的极致，是哭的巅峰状态。不过，人得志而疯癫，会不会言过其实？

吴敬梓在前面所做的铺垫与过渡，会让你觉得这种疯癫是必然发展的结果，是自然而然产生的。我们且看范进中举之前的画面。在考场上，范进是这样的，"这时已是十二月上旬，那童生还穿着麻布直裰，冻得乞乞缩缩"。而且衣服还朽烂了，"又扯破了几块"。从穿着就能知道他是个底层人物。人际关系方面呢？别的不说，就看他的亲戚。岳父胡屠户对他的描述一般如下："现世宝""穷鬼""烂忠厚""尖嘴猴腮"，基本上没有正面词汇。家里的境况呢？自己偷偷出去考举人，回来时老娘说："我已是饿的两眼都看不见了。"

这种种的穷态、窘态，都是为了那一场疯癫做彩排，眼睁睁看着范进的委屈累积到了极限，一场疯狂就自然而然地来了。中举时的范进，不疯一场，真对不起作者之前那么细致的描写。

表情来自体验，周进大哭前，我们已跟着作者的文字一起体验了周进的困境；写范进疯癫前，我们已跟着作者的文字一起体验了范进的囧途。体验真实了，感受也就水到渠成了。

✎

除了哭和疯这种"重口味"的表情包，《儒林外史》里还有脸红这种小的表情包。

脸红，看似轻描淡写一笔，却也要先有一番体验，才能让人觉得至此非脸红不可。为此，作者也要花费不少工夫做铺垫。

且说《儒林外史》里的张铁臂，他是一个江湖混混，什么风浪没见过，却是怎么脸红的？张铁臂第一次出现在书里，是第十二回。有娄家的两位公子，总有那么点侠客情怀，于是就被骗子惦记了。这个骗子就是张铁臂，他自称侠客，在娄家骗吃骗喝，但总得有两把刷子征服"金主"才行啊。于是，张铁臂设了个局。某天晚上，他提了个血淋淋的袋子，踩着屋顶上的瓦片来到娄家公子的内室，说自己平生有一个仇人，有一个恩人，如今杀了仇人，人头就在袋子里，但自己还有一个恩人，希望娄家兄弟能给自己五百两银子去报恩。满脑子武侠幻想的娄家兄弟信以为真，居然开了个人头宴，请了一群人等着张铁臂报恩归来，打开包袱看人头。结果张铁臂拿了钱，远走高飞，不见归来。众人打开袋子一看，哪有什么人头，分明是个猪首。

这事完了，张铁臂的故事却还没完。到第三十一回，他又出现了。这回他却成了个游医，名叫张俊民，投靠落魄少爷杜少卿，换了"马甲"的张铁臂是这样的，"头戴瓦楞帽，身穿大阔布衣服，扭扭捏捏，做些假斯文像"，吹牛皮的性格还是没改："不瞒太爷说，晚生在江湖上胡闹，不曾读过甚么医书，却是看的症不少。"吹嘘自己是经验丰富的老郎中。

接下来，这位张俊民占的篇幅不算很大，但总是断断续续出现，一直到了第三十七回，终于迎来他的结局。有个叫蘧公孙的，先前认识张铁臂，看见他更名张俊民，又变成了医生，马上提醒杜少卿。杜少卿于是问张俊民："俊老，你当初曾叫张铁臂吗？"

一句话问过去，张铁臂的反应是这样的，"红了脸"。

这个让人尴尬的人，终于自己尴尬了。

读到这里，我们也会有脸红的冲动，前面第十二回轰轰烈烈写了那么一出大戏，半夜三更从屋顶上扔下血淋淋的袋子，几十人在烛光下摆着酒宴，等打开包袱验人头，结果却是一场游戏一场尴尬。这一切，从某种程度上说，都最终催生了第三十七回那张红脸。

这个表情包不大，但来得远，来得久，铺垫得长，蓄势很深。

《儒林外史》里还有一类表情包，那就是恼。

小说第二十六回写到一个叫向鼎的官员，他曾经是安东县的知县，后来升了观察。有一次他

妙笔生花密码

没有无缘无故的笑，也没有无缘无故的悲，掌握了这一点，文章里的"表情包"也就用好了。"表情包"用好了，文章也就眉目生动了。

经过南京，听说一个叫鲍文卿的戏子死了，居然跑到他的灵堂前，"恸哭了一场"，还称死者为"老友"。在封建社会，这个"恸"的表情包似乎很荒唐，一个是士大夫、地方官员，一个是被人瞧不起的戏子，地位低下，后者怎么能让前者如此悲恸，且称为老友呢？

在这个"恸"的表情包之前，作者也有铺垫。

我们看第二十四回，向鼎在做安东知县的时候，有人告他的状，告到了按察司那里，说向鼎偏袒读书人。按察司崔大人正在看着状纸，"灯烛影里，只见一个人双膝跪下"。崔大人一看，却是自己门下的戏子鲍文卿。鲍文卿下跪为向知县求情："这位老爷小的也不曾认得。但自从七八岁学戏，在师父手里念的就是他做的曲子。这老爷是个大才子，大名士，如今二十多年了，才做得一个知县，好不可怜。"崔大人见一个戏子居然懂得爱惜人才，因此就放了向鼎一马，并且写信告知了向鼎。一个卑微的底层人物，居然敢向朝廷官员为素未谋面的一个人求情，这可以说是真正的侠肝义胆。

看到这里，真正有情有义的人，自然该热泪盈眶了。

所以，当鲍文卿死去，向鼎以官员之尊来这个普通人物灵前恸哭，一点都不唐突了，画风反而很自然。这样的"侠士"，当然值得一哭。

"恸哭了一场"区区五个字，却已经在前面酝酿得很饱满，至此处，不哭不行，表情包跃然而出。

《儒林外史》里的人物表情，大多不偶然，不突发，而是细水长流，缓缓道来，到成熟的时候忽然爆发，一发不可收拾，而且不突兀。周进不得不哭，范进不得不疯，张铁臂不得不臊，向观察不得不恸。一方面石破天惊，一方面却自然而然。

当然，文章里的重要表情，不要像平时网络聊天那样滥用。每一处喜怒必须有缘由，每一处哀乐必须有来历。没有无缘无故的笑，也没有无缘无故的悲，掌握了这一点，文章里的"表情包"也就用好了。"表情包"用好了，文章也就眉目生动了。

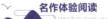

名作体验阅读
MINGZUO TIYAN YUEDU

【清】吴敬梓，《儒林外史》第十二回
名士大宴莺脰湖　侠客虚设人头会

经典作品中的"尬聊"时刻意趣多

"你现在不可以进来。"护士中的一个说。

"不,我可以的。"我说。

"目前你还不可以进来。"

"你出去,"我说,"那位也出去。"

我赶了她们出去,关了门,灭了灯,可这也没什么好处。那简直像是在跟石像告别。过了一会儿,我走出去,离开医院,在雨中走回旅馆。

——《永别了,武器》,欧内斯特·海明威

　　喜欢文学的人都知道，要用文字刻画一个人物，白描、对话和心理描写是少不了的。白描和对话从外表现人物，心理描写从内表现人物。内外结合，身心兼顾，人物形象才会栩栩如生，丰满生动。当然，中国古典文学作品比较习惯从外部去表现人物性格和内心世界，尤其是对话，往往能收到意想不到的神奇效果。

　　对于对话当中的"尬聊"，很多人不太重视，其实，在我们的古典文学作品和传世经典里，"尬聊"经常是必不可少的神来之笔，往往比正儿八经的对话更有效果。

　　传世经典《世说新语》主要通过对话来描写人物，往往短短几句就形神俱备，立体深入，给人以难忘的印象。当然，这当中少不了"尬聊"。所谓"尬聊"，就是谈话的时候碰上个不会聊天的，或者忽然一处语误，让谈话的气氛降至冰点，真可谓分分钟把天聊死。我们看看《世说新语》当中有趣的例子。

在《世说新语》第二十五卷里，有好几处尬聊场面。

且说公元280年，西晋终于统一三国。"王濬楼船下益州，金陵王气黯然收。千寻铁锁沉江底，一片降幡出石头。"南北对峙的局面总算结束了。这一天，原来的东吴之主孙皓被押送到了洛阳，以臣子的身份拜见晋武帝司马炎。

这么重大的历史场面，要记的东西当然很多，然而，《世说新语》却只抓住了一场简短的"尬聊"来加以描绘。记载是这样的："闻南人好作尔汝歌，颇能为否？"司马炎开玩笑地问孙皓，听说你们东吴人喜欢作"你我歌"，互相对唱，你今天且唱一首给我听听看。这个玩笑多少带点侮辱轻蔑的味道，将曾经的东吴之主当成奴仆看待。孙皓是怎么应付的呢？只见他举起杯唱起来："昔与汝为邻，今与汝为臣。"过去我跟你是邻居，今天我做你的臣子。"帝悔恨之。"唱的尽管是现实，司马炎却后悔了，为什么？本以为孙皓只是唱普通人的"你我歌"，没想到孙皓把他司马炎也放到"你我歌"里去，分明也是用轻蔑来回击他的侮辱，而且合情合理。这样一来，会面就陷入"尬聊"的地步，不舒服的是司马炎，得分的是孙皓。

一场短短的"尬聊"，孙皓这个人物的形象就树立起来了，他颇有祖上孙权的风度，其善于回击嘲笑的机智，跃然纸上。尽管他的东吴之主当得不怎么样，但这一次"尬聊"为他在历史舞台上增分不少。当然，从中也能看出司马炎的大度，他还是开得起玩笑的。

在这一卷里，还有一场"尬聊"，是关于司马炎父亲司马昭的。有一天，司马昭和陈骞、陈泰同坐一辆马车，到钟会那里去。司马昭和陈骞、陈泰看见钟会，就说："望卿遥遥不至。"远远地看见你，始终没走来。表面意思是说钟会不合群。难道这句话还有别的什么问题吗？就当时而言，问题可大了。在古代，儿女忌讳直呼父母的名字，与父母名字谐音的字也不能说和写，否则就是不敬，而钟会的父亲叫钟繇，"遥"和"繇"谐音，当着钟会的面说"遥"，分明是戏弄钟会。事情到了这种地步，也就相当于"尬聊"了，而且没面子的是钟会。

钟会却一句话化解了这场"尬聊"，他说："矫然懿实，何必同群？"此话本来的意思是说我高超出众，有美德，有实才，然而却让司马昭、陈骞、陈泰都不舒服了。为什么？因为司马昭的父亲叫司马懿，陈骞的父亲叫陈矫，陈泰的父亲叫陈群，这句话把三人父亲的名字都包括进去了。

机智的钟会，将"尬聊"推给了司马昭等三人，让自己摆脱尴尬，让对方陷入了不堪。

眼看着聊天无法继续，然而，司马昭、陈骞、陈泰也不是好惹的，他们又把"尬聊"的球踢给钟会。司马昭又问："皋繇何如人也？"尧舜时期的皋繇是怎样的人？皋繇本来是尧舜时期一位正直的贤臣，掌管刑法和教育，但司马昭说话的重点在于这个"繇"字，这正好是钟会父亲钟繇的名字。

钟会马上又将"尬聊"的球踢回去，说："上不及尧舜，下不逮周孔，亦一时之懿士。"意思是，皋繇虽上比不了尧舜，下比不了周公和孔子，不过也是一时的贤能人士。这句话里又带了司马懿的"懿"字。

这样一来，司马昭彻底陷入"尬聊"，怎么也接不上话了。

这一小节文字的精彩之处在于，连续出现数次"尬聊"，双方竭力化解尴尬，而让对方陷入尴尬，在这个强加和反击的过程当中，既刻画了钟会的机智，也展现了司马昭、陈骞、陈泰、钟会之间亲密无忌讳的关系。一场"尬聊"，一场互损，不过几十字，魏晋人物的性情面貌和彼此关系，都让人一目了然了。

"尴聊"这样难堪的事情,连圣人也免不了遇到,例如孔子。有一次,孔子到学生子游治理的武城去做客,估计子游为了欢迎老师的到来,让全城的居民都演奏音乐,一时间各种大小音乐演奏会,纷纷上演,美妙的乐声覆盖在整个小城的上空。

子游满以为老师会开心,并且表扬他,没想到老师一坐下来就有点嘲笑地说:这么小一个城,却进行这么上档次上规格的音乐教育,是不是有点用力过度了,犯不着吧,这岂不是杀鸡用牛刀?"子之武城,闻弦歌之声。夫子莞尔而笑,曰:割鸡焉用牛刀?"有点不给面子的意思。

子游不答应了。他信心满满地表演给老师看,却被泼了冷水,于是就反驳老师:老师,您不是说过吗?君子学习了道,就会有仁爱之心;老百姓学习了道,就容易听指挥。"君子学道则爱人,小人学道则易使也。"音乐教育就是学道的重要途径之一。

此言一出,师生之间顿时陷入"尴聊",子游分明就是打老师的脸,拿老师过去一贯主张的,来批驳老师眼前所言说的,简直准得不能再准了。孔子面对"尴聊",会怎么办?生气?

还是逃避?

孔子毕竟有胸怀,马上承认了自己的不妥,赞许了子游的作为,说:同学们,子游同学说得对,我刚才的那番话是开玩笑的。"二三子! 偃之言是也。前言戏之耳。"偃就是指子游,因为子游姓言名偃,子游是他的字。

这段短短的"尬聊",显示出子游的刚直、孔子的坦率和少许俏皮,也反映出孔子师生之间的关系是很随和的,并没有想象的那么古板和严肃,学生甚至是可以批评老师的。

写得好的"尬聊",一两句话就力量无穷。例如《儒林外史》当中,有两个"尬聊"细节,让八股科场人士的无趣和无知表露无遗。

范进考取功名之后去山东主持地方科考,巡到兖州时想要寻找一个名叫荀玫的考生,一时没找到,正在犯愁。一位幕僚想要逗他开心,于是讲了个笑话,说是一位四川考官居然不知道苏轼

妙笔生花密码

在我们的古典文学作品和传世经典里,"尬聊"经常是必不可少的神来之笔,往往比正儿八经的对话更有效果。

是谁，还在学生名单里找他。这个笑话到范进那里居然一点都不好笑，他说：找不到苏轼不要紧，找不到荀玫就麻烦了。

这个笑话本来是逗范进开心的，结果却让幕僚和范进陷入无法交流的地步，实在太尴尬了。这个细节，充分暴露了范进只会读八股，毫无文史常识的窘态。

书中还有一个叫匡超人的，小有名气。有一回，他和文化界人士聊天，吹嘘自己如何有文化被人崇拜，居然说：很多读书人都在家摆着我的牌位，上写"先儒匡子之神位"。匡超人这句话顿时让聊天无法继续下去，旁边的牛布衣提醒他说：先儒是指已经去世的儒士，匡先生你还是个大活人呢。这一场"尴尬聊"，暴露了匡超人的无知和狂妄，鞭挞了八股制度对读书人的毒害。🌰

名作体验阅读

MINGZUO TIYAN YUEDU

【南朝·宋】刘义庆，《世说新语·排调》
【春秋】《论语·阳货篇》

古典名著里鲜为人知的"分身术"

这两个递相揪住道:"菩萨,这厮果然像弟子模样。才自水帘洞打起,战斗多时,不分胜负。沙悟净肉眼愚蒙,不能分识,有力难助,是弟子教他回西路去回复师父,我与这厮打到宝山,借菩萨慧眼,与弟子认个真假,辨明邪正。"道罢,那行者也如此说一遍。众诸天与菩萨都看良久,莫想能认。

——《西游记》,吴承恩

　　很多科幻小说里都有类似"平行宇宙"的概念设计。"一个人物"在不同的空间里有不同的"分身"，他们长相相同，但性格不同，或者品性相似，但身份不同。这个想法确实很烧脑。

　　说起我们的古典小说，作者们仿佛都不自觉地利用了所谓"平行宇宙"的概念，很多人物的设置都别出心裁。比如《三国演义》《儒林外史》和《红楼梦》，这三部经典著作里似乎就存在"平行宇宙"，其中的一些人物就好像存在"分身"一般。

　　从文学角度来解释，其实就是不同的人物之间有着相似性。但这种相似性不等于重复。通过这些相似人物的相互照应，反而能使一个群体或一个类型的人物形象更丰富，更有辨识度。

例如，《水浒传》里的武松和石秀，在勇武刚烈方面，在为人处世方面，就极其相似，可以说石秀就是一个"小武松"。然后这两个人物又一起组成了水浒英雄好汉中的一种类型。

一部长篇文学作品，如果人物众多，应该由个性不同的人物和个性相似的人物共同组成，这才能真正构成一个自成体系的"人物宇宙"。个性不同显示世界的多样性，个性相似显示世界的一致性。两者缺一不可。

在《三国演义》里，三顾茅庐和火烧新野可以说是脍炙人口的情节了，它们都是关于诸葛亮的著名的小说情节。然而，如果我们读时细心一些，就会发现：在诸葛亮这个厉害角色出山之前，已经有一个"小诸葛"存在了，也就是一个诸葛亮的雏形。这个人物就是徐庶。

作者将徐庶安插在诸葛亮出山之前，从文学创作角度而言，是有用意的。徐庶这个人物，身上已带有诸葛亮仙风道骨和神机妙算的气质。书中如此描述："忽见市上一人，葛巾布袍，皂绦乌履，长歌而来。"徐庶的出场，其潇洒俊朗的后面，其实隐藏着诸葛亮的卓尔不凡，他是提前替诸葛亮来亮相的。

徐庶自我推荐成为刘备的谋士，运用智慧大破曹仁和李典率领的军队，取得了对刘备而言很难得的胜利。在徐庶善于用兵的后面，隐藏着诸葛亮的神机妙算。之后诸葛亮大破曹军，其实就是徐庶大破曹军的一个延续。

从塑造人物的角度而言，徐庶这个形象，其实是诸葛亮出场前的"先锋"。他将诸葛亮的卓尔不群、用兵如神提前交代了一下，让我们隐隐感觉到诸葛亮的神奇。

小说发展到徐庶不得不离开刘备，而刘备痛哭不舍的时候，诸葛亮的重要性便有力地凸显出来。小说已证明，徐庶是刘备不可缺少的一个智囊，但徐庶却说自己的才能跟诸葛亮相比，简直是驽马比麒麟，寒鸦比鸾凤。那么，诸葛亮的重要性就更进了一层。在徐庶全面展示完自己之后，诸葛亮也就准备好要上场了。

诸葛亮和徐庶互为"分身"，徐庶的使命完成，归入幕后，接力棒就传给了诸葛亮。当然，在赤壁之战时，徐庶又适时地亮了一下相，点破庞统的连环计，提醒我们：诸葛亮的"分身"要彻底完成使命了。

徐庶这个人物，就是作为诸葛亮的照应出现的。这种照应，丰富了东汉末年和三国时期谋士阶层的形象。他们在乱世中献奇谋，出妙策，具有一定的相似性，同时又各有特色。他们被安排得相似而不重复，从而让故事情节摇曳生姿。

《儒林外史》中我们熟悉的范进，其实也有一个仿佛"分身"般的存在。

范进的故事，很多人都非常熟悉了。老秀才范进忽然发现自己中举了，多年以来他屡考不中的压抑情绪一下子集中爆发，于是陷入疯癫状态，以极尽夸张的情态演尽了大半辈子的辛酸和苦楚。"范进中举"这出戏，是《儒林外史》里颇为夸张的一段。

然而，这出戏是有前奏的。

如果完整地阅读《儒林外史》就会发现，在范进发癫的故事之前，还有一个类似的故事，故事的主人公名为周进。周进何许人也？就是范进考试时的主考官，他耐心地把范进的考卷看了三遍，一开始对范进的文章很是鄙视，再读觉得有点儿意思，最后佩服得五体投地。于是，他决定提拔范进。在周进的帮助下，范进才最终考中举人。周进可谓范进真正的恩人。

根据我们前面提到的"平行宇宙"的概念，周进就是一个"小范进"，他已经将范进疯癫的事情在之前小规模地上演了。周进也是一位考到老、寂寞到老的读书人，白发苍苍还功名无望，给人当私塾老师也得不到尊重。后来他跟着姊丈去省城做生意。

在省城，他看到举行乡试的贡院，也就是考举人的地方，百感交集，"不觉眼睛里一阵酸酸的，长叹一声，一头撞在号板上"，昏死过去。醒来后，他号哭不止，令人动容。大伙知道他长期考不中的酸楚后，决定集资帮他再入考场。这次他终于遂了心愿，榜上有名。

发生在贡院的这场闹剧，无疑是范进疯癫的一场小规模预演。在周进悲怆的后面，范进的辛酸屈辱已隐约可见。周进不过是在为范进的登台热场，正如徐庶之于诸葛亮一样。

那么，为什么在范进出场前要有一次预演呢？一则要交代范进中举的合理性，因为有相似的经历，周进才会对范进有惺惺相惜之感，从而用心提拔他。《儒林外史》是写实作品，必须尊重现实逻辑。二则凸显了范进的出现不是偶然的，老年得志也是当时科举场上真实存在的事，而且有大量这样的例子。范进与周进，相似而不相同，从而丰富了明清时期科考者的群体形象。

妙笔生花密码

一部小说，往往不只是塑造个体形象，也会塑造群体形象，相似性正是联结群体的关键所在。如果这个群体塑造不好，个体人物便很难站得住脚。

《红楼梦》里仿佛也存在一个"平行宇宙"。《红楼梦》的第一男主角是贾宝玉，但与贾宝玉如影随形的还有一个甄宝玉。这两个人物有高度的相似性。他们都生于富贵人家，都极其尊重女性，将青春少女奉若神明。贾宝玉说女儿们是水做的，见之欢喜，男人则是泥做的，是天生的浊物。甄宝玉读书的时候一定要女孩子陪着，否则就犯糊涂。每次淘气挨打，他便"姐姐妹妹"地乱叫乱嚷，原因是一喊姐姐妹妹，打上去就不痛了。

为什么作者要安排这样两个人物？他们跟徐庶诸葛亮、范进周进全然不同，没有谁为谁打先锋的问题，他们纯粹是一个形象的两面。贾宝玉可能代表了主人公不入流俗、直面毁灭的一面，甄宝玉或许代表了主人公随波逐流、泯然众人的另一种可能。

从某种程度上说，贾宝玉和甄宝玉属于同一个群体，意味着在那个时代，个性觉醒的人已不止贾宝玉一个，他们形成了一个群体，甚至一个阶层。其实，在《儒林外史》里，也有一个"贾宝玉"，那就是男主人公之一的杜少卿。他不顾封建社会的礼教约束，公然拉着娘子的手，登上清凉山，旁边的人都低头不敢直视。

这种作品之间的照应，让一个时代的面目变得更加清晰了。

写人物，讲究的是个性鲜明，彼此不重复，但不等于人物之间不能有相似性。小说中的一群人物，能走到一起，成为一个群体，相互之间往往有相似性，这种相似性说明了群体形成的合理性。

《水浒传》里的一百零八条好汉能走到一起，他们的个性和经历当然有相似处。诸如阮小七的爽快，在史进、鲁智深、李逵等人身上都有显现。智多星吴用的足智多谋，在之前的神机军师朱武身上也有预演。而长相酷似关羽的美髯公朱仝，后来又遇到一个与自己相似的好汉——大刀关胜。再如武松和石秀。石秀一出场，在巷子里打倒一群泼皮无赖，和武松大闹飞云浦，很是神似。之后石秀杀嫂及奸夫裴如海，几乎就是武松杀潘金莲和西门庆的又一次上演。前者多少有点儿悲情，后者则十分惨烈血腥。故事和人物相互呼应，梁山好汉这一群体便更有了立体感。

一部小说，尤其是长篇作品，往往不只是塑造个体形象，也会塑造群体形象，相似性正是联结群体的关键所在。如果这个群体塑造不好，个体人物便很难站得住脚。

实际上，相似性也有助于塑造个体形象。因为相似，才有比较的基础，有比较便更能显出人物的特质与个性来。同样是性格鲁莽，鲁智深相对李逵，便更有心智，更有方法。

一篇文章，可以将差异较大的人和事进行对比，当然也可以用近似的人和事进行对比。比如写母亲的慈祥，我们固然可以将她与不慈祥的母亲相比，当然也可以将她与同样慈祥的母亲相比。虽然都是女性，都是母亲，但她们的慈祥会因家庭的不同，教育背景的不同，而显出差异来。有了差异，自己母亲的慈祥才会有她自己的特点。通过这种方式写出来的母亲，才会是这个世界上独一无二的啊。

名作体验阅读
MINGZUO TIYAN YUEDU

【清】吴敬梓，《儒林外史》第三回
周学道校士拔真才 胡屠户行凶闹捷报

"史诗级"创作，其实在小不在大

我回家看着还没动用的那瓶香油和没吃完的鸡蛋，一再追忆老王和我对答的话，捉摸他是否知道我领受他的谢意。我想他是知道的。但不知为什么，每想起老王，总觉得心上不安。因为吃了他的香油和鸡蛋？因为他来表示感谢，我却拿钱去侮辱他？都不是。几年过去了，我渐渐明白：那是一个幸运的人对一个不幸者的愧怍。

——《老王》，杨绛

　　有没有这样一种观影体验？一部投资不菲、规模宏大的所谓大型战争电影，尽管也战得火爆，打得热闹，可其精彩程度，有时远不如一部讲小分队小范围作战的惊险电影。同样，很多所谓"史诗般"的皇皇巨著，其精彩度，可能远不如一部讲述三两个英雄豪杰的传奇小说。

　　作品好看，一定要故事好看，人物好看。故事和人物都好看，往往就得集中，就不能场面太大。场面太大就容易分散笔墨，反而冲淡了故事，弱化了人物，让人记不住。《三国演义》在这方面，就拿捏得很好。

　　按理来说，三国史就是一部战争史，而且是大型战争史，拿多少笔墨来描写战争都不过分，就怕力气使不够。然而，《三国演义》的作者并没这么写，他有自己的"套路"。

《三国演义》确实光彩熠熠，如今在历史小说里仍没什么作品能撼动其"老大哥"的地位。它要是排第二，还真没人敢排第一，这与它独特的写法有直接关系。

东汉末年到三国归晋这段历史中，发生过很多次战争，而且花样翻新，真可谓无所不有。有群雄并起，得而诛之的，如讨伐董卓；有借风放火的，如赤壁之战；有主场取胜的，如夷陵之战；有客场取胜的，如七擒孟获……总之，不缺素材，更不缺规模，随便拎出来一场，兵力都在数万级别。

然而，有素材并不一定要用，也不一定非得按照素材本来的面目来用。好的作者一定有自己的选材方式和"剪辑"原则。罗贯中要讲的是故事，要表现的是人物，至于场面嘛，别忘了那只是装故事的箩筐，陪衬人物的背景而已。

我们不妨举几个例子来感受一下。

天下群雄讨伐董卓，多大的事啊，全天下的英雄都出动了，几十万兵马聚集。看董卓一方也好，诸侯一方也罢，必然都是，旌旗招展，兵强马壮。可写的，能写的，想写的，该有多少！然而，《三国演义》却把它们简化成了不能再简单的三个场面：

温酒斩华雄，三英战吕布，孙坚夺玉玺。其余的都一笔带过。

温酒斩华雄，就四五人出场，外加一件关键道具——一杯酒。讲的无非就是一场比武。大历史事件，用的却是武侠的处理手法。

三英战吕布，核心人物不过吕布、刘备、关羽、张飞，还有一匹赤兔马。几十万兵马的腾腾杀气，全由这四位英雄和一匹神骏担当了。这样写，战争发生了，故事凝聚了，人物也记住了。

孙坚夺玉玺，也只有三个主角——孙坚、袁绍、袁术。如果说前面两个故事体现的是"暴力美学"，后面这个故事体现的则是野心和阴谋。有了"暴力美学"，有了野心与阴谋，一场战争就更完整了。读者要看的就是这些，自然应该集中笔墨多写，至于战争本身，"八路大军，喊声大震，一齐掩杀"，十二个字便交代了过去。

有些东西，看起来很大，写起来却不一定非要多费笔墨；有些东西，看起来很小，加重笔墨却能传达出千钧之力。这就是一个特种兵小分队的故事，表现好了却能比大规模混战更震撼人心的原因。

再如赤壁之战。

讨伐董卓之役，造成了群雄割据的局面；而赤壁之战，则确立了魏蜀吴三国鼎立的局面。这场战争，绝对是战争中的战争，史诗中的史诗，想往多大里写，都没有人说你过分。然而，罗贯中并没有在战争场面上着墨过多。他仅用了几个小故事把这场大战串联起来：舌战群儒，反间计，连环计，苦肉计，草船借箭，祭东风，败走华容道。刀光剑影不是很多，但比脑力、拼智商的故事却一个接着一个。

两大阵营开战，三方集团角逐，《三国演义》关注的矛盾却在个人与个人之间展开，写的都是私人之间的纠缠：诸葛亮与周瑜的纠缠，曹操与孙权的纠缠，关羽和曹操的纠缠……战争大戏变成了个人情仇。规模缩小了，戏份却更足了，反映的矛盾也更集中了。

诸葛亮与周瑜的纠缠，表现的是抗曹阵营内部的貌合神离；曹操与孙权的纠缠，反映的是大

妙笔生花密码

有些东西，看起来很大，写起来却不一定非要多费笔墨；有些东西，看起来很小，加重笔墨却能传达出千钧之力。

战双方不可化解的主要矛盾；关羽和曹操的纠缠，折射的是曹刘两阵营间一言难尽的英雄惜英雄，尽管这种英雄间的惺惺相惜在历史上未必真有。个人之间的小戏演好了，大格局也就生动了，清晰了。

其实表现一个时代，不一定非要铺开整个面来写，不妨遵循几何原理，抓住几个点来确定历史的线与面。所谓抓住几个点，主要就是抓住几个关键人物，通过对他们进行重点刻画，来反映时代问题和矛盾。贪图叙事规模，什么都往大里写，有时反而适得其反。很多有关战争和历史的影视剧虚浮无味，正是因为存在这方面的问题。

抓住赵云单骑救主、张飞当阳怒喝这两个点，长坂坡撤退这条线就确定好了；抓住舌战群儒、智激周瑜这两个点，东吴内部的政治生态也就确定好了……可以说，没有小故事支撑不了的大场面，也没有小细节摆不平的大叙事，点总能反映面，写点比写面更容易吸引注意力。

比如写一个大型运动会，完全没必要面面俱到，把运动员、观众和裁判都写得很详细，这样读者也会觉得累。不如就抓住一两个特别优秀的运动员，用他们的精彩表现，来反映整场运动会的难忘之处。这样处理的结果，反而更让人印象深刻。

关于重大历史事件的起因，其实也可以细节化，戏剧化，未必严格按照史学家的结论来写。大多数读者恐怕对宏大的叙事没什么兴趣，对过于严肃的结论也没兴趣。我们得找到一个让他们能看下去的理由。

例如，赤壁之战中周瑜决心与曹操开战的原因，从常识和历史研究的角度判断，主要还是为了维护东吴利益，然而政治上的动机、军事上的用意，未免有些深奥，还有点枯燥。于是，《三国演义》的作者来了这么一出，诸葛亮故意曲解曹植的《铜雀台赋》，说曹操此来意欲抢夺大乔、小乔两位美人。而小乔正是周瑜娇妻，他自然勃然大怒，决心与曹操一战。

一场事关政治格局的大战，被作者解释成了美女争夺战。这其实相当不严肃，也相当不靠谱，然而，它很有戏，也很符合常情，能给我们看下去的理由。🎐

名作体验阅读
MINGZUO TIYAN YUEDU

【元末明初】罗贯中，《三国演义》第五回
发矫诏诸镇应曹公　破关兵三英战吕布

如何将没悬念的故事写得步步惊心

"你是不是真的兑现了三个愿望？"瓦特太太问。

"是的。"军士长说，杯子碰到了他坚硬的牙齿。

"有没有其他人提过心愿？"老太太继续问。

"有，第一个人已提了他的三个心愿，"他答道，"我不知道头两个是什么，但第三个是求死，我就因此而得到了这只爪子。"他的语调很庄重，大家安静了下来。

——《猴爪》，威廉·雅各布斯

写一个已知的故事，比写一个未知的故事，难度要大。因为已知的故事，范围已经框定了，很难再添工加料，一动笔便可能碰到天花板；而未知的故事，还可以虚构，写不下去了，可以添油加醋，直到能自圆其说为止。

所以古人说，画鬼容易画人难，因为我们都没见过鬼，怎么画都行；而人呢，我们都知道他应该什么样，想要画得逼真，令人满意，就很不容易了。明代有人评价《三国演义》和《水浒传》，就曾有过类似的观点。

大意是，《三国演义》难就难在在已经确定的历史框架内，在结局不可改变的情况下，写得悬念迭起，处处有惊奇。而《水浒传》呢，可以用虚构救场，一个故事无法继续进行时，可以平白无故飞来一个人物，把故事延续下去。例如林冲被刺配沧州，天外忽然飞来一个李小二，将林冲的死敌陆谦的情况告知。林冲怎么上梁山？作者可以安排一场火烧草料场的情节来助推，只要情节许可，什么都可以安排。

当然，这并不是说《水浒传》难有《三国演义》的水准。它们各有各的长处，也各有各的难处。要把虚构的故事写得合情合理，精彩异常，实际上也极为困难。作者没有两把刷子是不可能完成的。

照这样说，已知的故事该怎么写才能吸引人，让人觉得分外好看呢？

有一个人在这方面做得很好，那就是司马迁。我们可以来看看他写的历史故事"鸿门宴"。

鸿门宴的故事，人们基本上耳熟能详。它是一个发生了的历史事实：项羽不服刘邦先他占据了关中，而刘邦恰好又接受了"狗头军师"的建议，想关闭函谷关，在这里称王。理想很美好，可实力不够，什么理想都实现不了。眼看他就要被项羽灭了，经双方斡旋，刘邦将在鸿门宴上向项羽请罪，此事就算告一段落。宴会上经过一番明争暗斗，刘邦安然脱险。以后楚汉争雄的结果，我们都知道了。

这个历史大事件，大体框架是已知的，结局是确定的，人物的命运清清楚楚地摆在那里。司马迁拿起笔来，大概也会觉得只能干巴巴地记录吧，还有什么好写的呢？结局不能改，人物的命运不能改，框架也不可以改，到底还有什么可以发挥的？

那就在细节上做文章。

举行鸿门宴的原因，很简单，刘邦为了保命，向项羽赔罪。这个过程很明了，要加足戏码，增加悬念，关键的就在鸿门宴举行前的那一个夜晚。

如果换成我们写，可能就简单交代一下：举行鸿门宴的前一夜，项羽的叔叔项伯前往刘邦的阵营，与刘邦达成了初步的和解协议，约好第二天见面，吃顿饭。如果这样写，鸿门宴本身的描写空间就不大了。要使故事空间变大，就得做足铺垫。

司马迁首先把故事发展的时间往前推移了一个晚上，这样操作空间就大多了。他先写项伯趁夜去找张良，因为项伯顾念张良当年的救命之恩，拉着张良叫他赶快逃命。张良说："沛公今事有急，亡去不义，不可不语。"意思是，这可不行，刘邦是我的好兄弟，我只顾自己逃命，不通知他一声太不讲义气了。于是，项伯被张良拉去见刘邦。

刘邦会见项羽的叔父项伯吗？这是第一个悬念。

刘邦见到项伯之前，张良先和刘邦嘀咕了一番。张良让他认识到了战略上的错误，然后告诉他此事仍有转机，于是刘邦决定立刻见项伯。

项伯会买刘邦的账吗，会对刘邦开诚布公吗？这是第二个悬念。

没想到两人还挺聊得来，三两杯酒下肚，又结了亲家。既然是一家人了，那怎能不护着？于是项伯决定说服项羽，尽力搭救刘邦。

项羽会听项伯的话，放弃杀刘邦的念头吗？这是第三个悬念。

项伯一回到项羽这里，立刻替刘邦说情。既然是亲叔叔说情，项羽当然重视，答应举行宴会，给刘邦一个解释和道歉的机会。

事情似乎就这么简单地摆平了。难道就没有人反对？项羽身边那个"神机妙算"的"亚父"范增就如此甘心？这是第四个悬念。

司马迁抓住一个夜晚，将三个人之间的三段对话——项伯与张良的对话，张良与刘邦的对话，项伯与刘邦的对话——写得悬念迭生，波澜起伏。已知的故事，在细笔的重新连缀之下，极大地拓展了想象的空间。

故事的精彩，未必在结局，过程有时更为重要。通过将过程细化，即可变已知为未知，变毫无悬念为悬念重重。

鸿门宴如期举行，项羽没有下手，刘邦安全脱身，这是已知的。

如何将已知的故事营造出悬念来？

还得在已知的情节中间细化人物之间的关系。

前一天晚上，司马迁通过三个人物，交代了楚汉之间的成员已私下达成协议，两大阵营间的人物关系在发生着微妙的变化。第二天的宴会上，司马迁将这种人物关系铺得更大，很多人物被添加进来，而且描绘得更加细致入微，扣人心弦。

绝顶聪明的范增当然知道这场宴会的重要，所以一意主张在宴会上除掉刘邦。他屡次暗示项羽动手，项羽却装聋作哑，不理不睬。这其实回应了此前的一个重要悬念：项羽到底会不会听项伯的话？

项羽和范增的关系，在此也表露无遗。项羽表面尊范增为"亚父"，其实内心自有一套，他根本不愿听范增指使。范增和项伯，一正一反，项羽身处其间，人物之间的冲突剑拔弩张。

范增看项羽装聋作哑，已然明白其内心对自己的不屑。他随即命项庄舞剑，欲以此刺杀刘邦。项伯当然明白范增什么意思，立即起来保护。"项庄拔剑起舞，项伯亦拔剑起舞，常以身翼蔽沛公，庄不得击。"

项庄和刘邦，是敌对关系；项伯和刘邦，是亲家关系；而项庄和项伯，是同宗关系。一段舞剑，三个人物，关系极其复杂，这比剑法更具观赏性。刘邦最终没被刺杀，这是已知的，但一段舞剑，及其所展开的错综复杂的人物关系，却是不为人所知的。

张良看情形不对，立刻出去告诉樊哙刘邦有难。樊哙粗人一个，立时硬闯进来，人物关系进一步拓展开来。项羽若追究起来，樊哙不可能全身而退。项羽会怎样对待鲁莽无礼的樊哙呢？樊哙既然无事，他到底是怎样被项羽饶恕的呢？这显然不为人所知，这也就为司马迁的补缀提供了空间，并通过这件小事，让鸿门宴的故事变得更加惊心动魄。

鸿门宴作为已经发生的历史事件，本身可以说并没有多大悬念。司马迁却在有限的空间里，在同一屋檐下，安排了大量人物，形成了繁复的人物关系网。所有人都在为同一件事奔忙，各为其主，各有打算，给原本没有什么写作空间的历史事件增添了诸多悬念，使一起历史事件变成了一则历史故事，使单纯的资料记录变成了文学艺术，但又始终没有偏离已知的历史真实。

所以，事件已知对创作来说并不打紧，我们完全可以在人物关系上做更细致的文章，把人物之间的矛盾冲突、内心活动更丰富地表达出来。就此而言，所谓的已知，其实都是一知半解。人与人之间，总是充满故事的。只要我们善于表现人与人之间的关系，总能制造出各种"包袱"。时不时地抖一抖，已知的故事就会变得很好看。

鸿门宴上，还有一点值得我们好好体会，那就是体现人物内心活动的表情和语言。历史的框架没法改变，但表情和语言还可以耕耘，细化。

刘邦在初入关中时，实力远不如项羽。项羽如果真的动手，刘邦肯定无力招架。这个是大家都知道的。那么，怎么去表现刘邦和项羽之间的这种不对等关系呢？

张良问刘邦："你打得过项羽吗？"刘邦先甩出一个"表情包"：沛公默然。然后他无可奈何地回了一句："固不如也。"刘邦的无奈跃然纸上，但总得让下属想办法解决面前的危机吧，所以又不能不服软。这样的肢体动作和回答还是得体的。这样的细节展示无疑给故事增添了光彩，让人物和事件都变得更加生动了。

鸿门宴上，范增欲杀刘邦，项羽没答应，对于这件不好用语言交流的大事，怎样使其显得生动呢？司马迁还是使用了"表情包"：范增数目项王，举所佩玉玦以示之者三，项王默然不应。范增对项羽的孤傲给出了足够的冷眼，还举起玉玦示意项羽必须立刻行动，而项羽始终装聋作哑，默然不应。

当然，鸿门宴上最有冲击力的"表情包"是樊哙的。当他听说刘邦有危险时，立即带着盾牌

妙笔生花密码

所谓的已知，其实都是一知半解。人与人之间，总是充满故事的。只要我们善于表现人与人之间的关系，总能制造出各种「包袱」。

冲进现场：瞋目视项王，头发上指，目眦尽裂。他鼓起眼睛瞪着项羽，头发根根竖起，眼眶似乎都要迸裂了。樊哙擅闯宴会，史上或许真有其事，本来可以淡化处理的，因为此举的重要性完全不能和张良的斡旋相比，但司马迁没有放过它，而且抓住它进行了浓墨重彩的描写，更增加了故事引人入胜的张力。

有了"表情包"，人物就有了性情，文章自然也就有了性情。我们写文章，要写清楚的不只是过程和结果，更要写出人物的性情和脾气，这就是记录和创作的区别，也是文件和文学的差异。

名作体验阅读
MINGZUO TIYAN YUEDU

【汉】司马迁，《史记·项羽本纪》
鸿门宴

诗与远方，独辟蹊径成奇景

　　假山的堆叠，可以说是一项艺术而不仅是技术。或者是重峦叠嶂，或者是几座小山配合着竹子花木，全在乎设计者和匠师们生平多阅历，胸中有丘壑，才能使游览者攀登的时候却忘却苏州城市，只觉得身在山间。

——《苏州园林》，叶圣陶

　　游玩一个景区，然后写一篇攻略，这是一个老套路了。老套路自然没那么好应付。如果只是简单地把大家都熟悉的观光点描述一遍，无异于把景点介绍重抄一遍，实在没意思！

　　那么，怎样才能把旅游攻略写好呢？

　　写作的时候，心思最好不要停留在怎样将景点细数一遍上，而要把心思花在那些最能触动你的事物上。或者，不妨将自己设想成一个景区开发者，要在既有基础上探索新的旅游景观，规划新的旅游路线。只有用独到的眼光去观察，把大家熟悉的景点再做分割，另外编织一幅图画，你才可能另辟蹊径，别开生面。这样，你写的旅游攻略才可避免陷入重抄景点介绍的尴尴尬境地。

例如，关于游西湖的攻略，想要写好就十分不易。

西湖无疑是国人最熟悉的景点之一，可以说是旅游业的招牌，名胜中的名片。有关西湖的文章和诗歌自然海了去了，可谓不计其数，想从乌泱泱的此类"旅游攻略"中脱颖而出，不花点心思可不行。

先看白居易怎么写。

白居易可是个善于策划的高手。例如怎么写草，绝大部分人都写"绿油油""很青翠"什么的。白居易的文字却抓住了草每年都顽强生长这一特点，于是便有了"野火烧不尽，春风吹又生"的横空出世。这两句诗直接成了写草的最佳代表作，直到现在还流传不衰。

一篇关于西湖的"旅游攻略"，白居易会怎么写？

"孤山寺北贾亭西，水面初平云脚低。几处早莺争暖树，谁家新燕啄春泥。乱花渐欲迷人眼，浅草才能没马蹄。最爱湖东行不足，绿杨阴里白沙堤。"

这是白居易的《钱塘湖春行》。

西湖的春天，无非有些碧波、花草、飞鸟什么的，怎样才能打造出新的看点和卖点呢？

白居易是这样花心思的。你看他写黄莺，突出一个"早"字，为什么？因为它们是最先光顾西湖的禽鸟之一。写到树木，突出一个"暖"字，为什么？因为这暗示着寒冬刚刚过去，春天已悄然来临，一度萧瑟枯萎的树木发出了新的枝丫。阳光和煦，新发的枝丫散发阵阵暖意，吸引着那些犯困的飞鸟前来栖居，一派祥和的景象。燕子呢？则突出一个"新"字，因为它们刚刚回到西湖边，这只有在初春时节才会发生。草呢？才刚没过马蹄，说明春天确实没来太久。还有，"花"是乱糟糟的，因为它们的种类实在太多了，而且开得分外繁盛。至于泥土，已摆脱低温和霜结状态，很适合被燕子啄去做窝。

别的游人看到的，可能同样是花草树木、燕子黄莺，而白居易却给这些景物做了恰当的"分割"，将它们立时归入了别有意味的境界：乱花，浅草，暖树，早莺，新燕。只加一个定语，却拓展出了一个新的"旅游方向"：西湖早春游。"最爱湖东行不足，绿杨阴里白沙堤"，甚至直接规划出了最佳观赏路线。

当然，好的文章，也一定要富于感情色彩，要让人觉得舒服。简单来说，就是契合人们的感情需求。《钱塘湖春行》里所呈现的画面就很温暖——一切都在生长，一切都欣欣向荣，到处都是暖色调。因为"早"而显得美丽，因为"春"而充满希望，又因为"暖"而显得可依赖。这不正好契合了人们追求幸福、憧憬未来的心态？新来的燕子啄春泥筑巢，不正像人们努力营造生活的样子吗？

白居易推出的这篇"旅游攻略"，以希望、繁荣、积极向上为主题，可以说成功推广了"环湖早春游"这款"旅游产品"，令人印象深刻。

白居易有关西湖的"旅游攻略"成功了，眨眼几百年，到了苏轼这里。拿过接力棒的苏轼，会怎么策划关于西湖的"旅游攻略"？总不好意思再重复前辈的思路吧。

苏轼的《饮湖上初晴后雨》是这么写西湖的："水光潋滟晴方好，山色空蒙雨亦奇。欲把西湖比西子，淡妆浓抹总相宜。"

白居易圈定了"早春游"，苏轼另辟蹊径，首先在时段上做了新的规划，选择了雨后游。白居易的策划侧重"早"，而苏轼的策划侧重"奇"。白居易的早春西湖，景色明丽透亮，空气能见度高，画面清新；而苏东坡则给了我们一个雨后模糊的镜头，画面是"空蒙"的，仿佛隔着一层神秘的面纱。和白居易相比，他们关注的景点没有大变，景区的范围应该也差不多，但苏轼在同样的地方做了时间点的深入挖掘，顿时给人以别样的观感。

苏轼更高明的地方在于，他还给景点找了一个形象代言人，这个人便是"四大美人"之一的西施。其实，西施和西湖在历史上并没什么关系。西施是诸暨人，也就是现在的浙江绍兴市，她浣纱的地方自然不会是西湖。然而，苏轼偏偏把这两者联系起来。

把春秋时期的美女请过来给西湖当代言人，首先可能是字面上的联系——她们都占一个"西"字，然后是特点上的联系——她们都实在太美了。苏轼的这篇"旅游攻略"，成功将西湖进行了人格化类比，赋予了西湖更直观可感的形象，使西湖之美跃然纸上，穿越千年。

好的游记作品，要善于拓展新的概念和主题，苏轼做到了。

白居易和苏轼，以及历代文人墨客发出的"旅游攻略"，无疑将西湖胜景在广度和深度上进行了卓有成效的推广。时间来到明朝，想要再写出有关西湖的佳作，就难上加难了。不过这也难不倒有想法的文章大家，其中一位便是明末著名的才子张岱。

他又怎样在已有的基础上对西湖进行新的诠释呢？不承想，张岱居然给西湖开出了两个新的"旅游攻略"，一是深冬游，一是夜半游，而且都成了著名的旅游线路。

白居易笔下的早春繁华，苏轼笔下的雨中绮丽，都是西湖的热闹处，张岱知道，这两条线路不能再重复，所以最好避开热闹繁华，走清幽冷艳路线。

西湖最清幽的时候，当然是冬季，尤其是寒冬。风霜一来，雪一下，花草没了，飞鸟没了，热闹也没了，这时有什么可看呢？当然是雪景。

雪一下，白茫茫一片，西湖这么大一个单色平面，有什么好看的？那就撇开面，欣赏点与线，"天与云与山与水，上下一白。湖上影子，惟长堤一痕、湖心亭一点，与余舟一芥、舟中人两三粒而已"。天与云、山与水浑然一色如纸，苏堤如一条线，湖心亭则如一墨点，船与船上的人是更细小的三两粒。仿佛一张留白的雪景图，远景推出，人与物历历可数，固然有点人迹罕至，却对比强烈，焦点突出，格外惹人注目。

鸟飞绝，人踪灭，偏我独自在这里游览，不正有一种士人的雅兴？张岱这篇《湖心亭看雪》的"旅游攻略"，用船夫的一句话点出了几位游览者的心境："莫说相公痴，更有痴似相公者！"一个"痴"字道出了"西湖看雪"这一游览项目的高士格调，没文化、没情怀的人是万万没有机会欣赏了！

西湖的冬天有这样的"高端游"，夏天自然也有，再看张岱的另一篇美文《西湖七月半》。这篇"攻略"避开西湖自然风光，直接将人列为"风景"。

"攻略"的开头就足令人大跌眼镜，"西湖七月半，一无可看"。堂堂西湖，到了七月半居然没什么可看的！那你张先生可有什么好主意？于是，"攻略"接着来了一句，"止可看看七月半之人"。跑到西湖，不看自然风光，而去看人，这是什么道理？

原来，他把西湖游客做了细分，几类人无一不可作为欣赏品评的对象："名为看月而实不见月者"，这种人毫无品位可言，自然浪费了好风景；"身在月下而实不看月者"，这类人似乎进入了状态，其实根本没那回事，也是浪费风景的一类人；"亦看月而欲人看其看月者"，这类人根本就是作秀，他们只希望别人看他在赏月，自然也无趣味可言；"而实无一看者"，这类人基本就是图个热闹，酒也不好好喝，歌也唱得不成腔调，实不足道也；还有一类人，"看月而人不见其看月之态"，这类人确实在赏月，又不喜欢在人前表演，行为很旷达，内心很洒脱，算是对夏夜的西湖有真爱之人。

在张岱的文章里，夏夜在西湖赏月基本处于无序状态。一来部分游客对西湖之月没有真爱，图的只是热闹，完全把美景冷落在一边。他们"避月如仇"，一窝蜂地玩，又一窝蜂地撤，很容易造成交通拥堵，"止见篙击篙，舟触舟，肩摩肩，面看面而已"。船只堵塞，人群拥挤，狼狈不堪，实在大煞风景。再加上当地导游和官府敷衍塞责，以不负责任的态度对待游客，还不到时间就催促说再不回去，杭州城就要关门了，弄得一场月夜游不欢而散。

综合以上画面，西湖夏夜赏月给人的印象就是交通拥堵，品质低劣，俗不可耐。

好好一个风景名胜，怎么会被张岱损成这样？这哪里是在推广西湖名胜，分明是在黑西湖嘛！

妙笔生花密码

只有用到的眼光去观察，把大家熟悉的景点再做分割，另外编织一幅图画，你才可能另辟蹊径，别开生面。

人头攒动的画面一出来，就让人没了出游的欲望，这篇"攻略"到底想干什么？

在文章的最后，张岱才正式推出一款他为西湖度身定制的新"产品"：名士深夜游。

在藐视了各种游人之后，张岱给出的"旅游攻略"画风突变——人流量变少了，不再交通拥堵，空间为之变大，而景色也因为没有人群的熙攘而显示出固有的魅力，"此时月如镜新磨，山复整妆，湖复靧面"。同样的景点，人多和人少是有区别的。人流量大，景点只能沦为配角，甚至连配角都不是，极容易被忽略，甚至直接被浪费；人流量小，景点才能唱主角，游客的注意力才能集中到该集中的地方。只有这时，像张岱这样的高品质游客才能出来，大家一起游玩赏月，或高歌，或奏乐，或饮酒，行为自然，且充满情趣。

这幅画面描绘的就是张岱推出的西湖高端旅游产品。它在时间选择上很有讲究，必须在"俗人"散尽之后；组团搭档也有讲究，必须是有情怀、真爱西湖、真爱自然风光的人；参与的活动也有讲究，一般具备文艺性、互动性，通过这样的活动能与自然相映成趣，人因景而美，景因人而雅。

最后，尤其值得一提的，是这款"产品"的住宿：旅游当晚不用返回杭州城，而是栖息在湖面上，"纵舟酣睡于十里荷花之中"。连睡眠也被列入了旅游体验，真是"香气拍人，清梦甚惬"。从头到尾，都充满良好的体验。

《西湖七月半》这篇"旅游攻略"切实可行，回避了旅游高峰，拓宽了旅游空间，又提升了旅游体验，确实堪称高端，很能满足人们对诗和远方的期待。在"西湖游"数朝数代几乎毫无创新的情况下，张岱居然能如此脑洞大开，开辟出新领域，值得好好学习。

名作体验阅读
MINGZUO TIYAN YUEDU

【唐】白居易，《钱塘湖春行》

【宋】苏轼，《饮湖上初晴后雨》

【明】张岱，《西湖七月半》

以有情写世情，浮生自然有佳境

境非独谓景物也。喜怒哀乐，亦人心中之一境界。故能写真景物，真感情者，谓之有境界。否则谓之无境界。

——《人间词话》，王国维

　　说起中国古典小说的巅峰之作，大家会很容易想到《红楼梦》。

　　这是一部世情小说，没有讲战争风云，也没有讲江湖儿女，当然也没有讲妖魔鬼怪，讲的主要是封建社会世家大族的盛极而衰。而充当本书主角的，有一大部分是闺中少女。自然，很多故事情节主要围绕闺中琐事、儿女情长展开。书中这些出身于钟鸣鼎食之家的痴男怨女，和我们普通人还真有不少隔膜。

　　其实，在清代，还有一部"平民版"的《红楼梦》，写的主要是普通士人的生活，讲的也是儿女情长、世情坎坷，最终同样流传不衰，深入人心。此书名为《浮生六记》。

说起《浮生六记》一书，还有一段颇为坎坷的经历。

此书作者沈复是清乾隆至道光时期人，字三白，生于1763年，卒于1825年。沈复一生没享受过什么大的荣华富贵，也没经历过什么大的风云事件。出身于幕僚家庭的他，善画，最后竟以此为生，还颇有知名度，但始终又没高到"扬州八怪"的地步。

他的身边也不像"宝二爷"那样，终日围绕着如花姐妹，随便挑个丫头都是绝代佳人。他周边无非只有简简单单的几个家人，每天为柴米油盐奔波。

当然，具有文艺情怀的他，也常泛舟烟湖，吟诗作画。更妙的是，他的妻子芸娘是个"文艺青年"，颇懂夫君情怀，也能应对唱和。虽然他们生活在贫困当中，却始终沉浸在美好的情感和艺术世界里。

这平凡的一切，在沈复看来，是很传奇和美好的，于是他怀着深情的笔调写下这平凡生活的点点滴滴，他的著作严格来说算是一部自传体的散文集。这部书大概在1808年完稿，当时的沈复年近五十岁，已是一位"中年大叔"。

《浮生六记》写了也就写了，可能沈复只是想对自己的人生和情感做一下简单的记录，没想过让它一纸风行，成为洛阳纸贵的流行作品。何况所写内容只是市井小民的寻常生活，相当不具备流行因素，所以成书之后谁也没在意，这部书居然就这么销声匿迹了。

1825 年，沈复寂静地去世了，除了亲友，世上没有人想着他，怀念他，凭吊他。又过了半个世纪，有个叫杨引传的文化人，在苏州的一个书摊上，而且是冷摊上，随手翻阅一本破破烂烂的书。不看不知道，一看吓一跳，天哪，这本书实在太好看啦，简直欲罢不能！

作者是谁？沈三白？此人是何方神圣？杨引传在苏州城里四处打听，结果就像在打听一个根本不存在的人似的。没人知道沈三白是谁，因为他生前就没多少人注意。杨引传唯一能确定的信息是：作者已经去世半个世纪了！

不能让这么好看的文字就这么埋没下去，杨引传毅然决定出版此书。光绪三年，也就是公元 1877 年，杨引传把这部《浮生六记》刊布了出来。事实证明杨引传的眼光不错，书甫一问世就引来"粉丝"无数，甚至一度脱销，有钱难得。

如果沈复地下有知，也会含笑吧，书的畅销总算对他清贫境况下的努力有了交代。所以，杨引传应该算是《浮生六记》的第一个有名有姓的忠实"粉丝"。

书走红了，什么热闹都有。如今我们知道的书名是《浮生六记》，其实杨引传看到的时候，只有"四记"，缺少了后面的"两记"。后"两记"在哪里呢？不着急，自然有人操心。

1935 年，有人补足了后面的"两记"，这位热心人名叫王文濡，据说他发现的"两记"也是在苏州的书摊上买到的。不过，近代著名学者林语堂认为这"两记"是伪作，而且"作假功夫幼稚，决非沈复所作"。《浮生六记》几乎遇到了与《红楼梦》一样的问题——《红楼梦》后四十回的真伪问题一度引起了专家学者的热烈争论。同样，《浮生六记》后"两记"的真实性也遭到了专家学者的质疑。

那么，《浮生六记》到底是一部什么样的书呢，竟能引来"粉丝"无数，进而长盛不衰？

✏

沈复与妻子芸娘虽然没有宝玉、黛玉那么富贵，然而，他们比宝玉、黛玉幸福多了。宝玉和黛玉虽然情投意合，有着不渝的木石前盟，然而，还是遭了封建礼教的毒害，最后没能团圆，一个爱无结果，一个含恨去世，令人嗟惋。而沈复与芸娘虽然贫穷，却能朝夕相聚，恩恩爱爱，小户人家也有小户人家的幸福。

　　《浮生六记》主要记述了他们夫妻的美好生活。例如七夕之夜，市井百姓之家虽然没有贾府那样的奢华场面，但也不乏诗情画意。芸娘和夫君观一轮皓月，星河满天，"并坐水窗，仰见飞云过天，变态万千"，于是芸娘由此及彼，感慨地说："宇宙之大，同此一月，不知今日世间，亦有如我两人之情兴否？"由两人的恩爱，想到天下人的恩爱，这情怀不是一般的大，在学问上能举一反三，在情感上未尝不可如此。有这样心性的妻子，难怪沈复钟爱一生。

　　沈复工于绘画，其妻芸娘也是此中知己，她很爱惜那些残破的书画作品，必定要"搜集分门，汇订成帙，统名之曰断简残编"，可见其艺术眼光非同一般。不管生活如何，有了艺术情怀就会乐观，就会精彩，后人喜欢《浮生六记》，大概也有这方面的原因吧。

　　沈复的一生很平凡，也很凄恻，也有过连温饱都成问题的时候。他为了生计四处奔波，一辈子没有取得过功名。他的理想就是过一种夫妻恩爱，虽然贫寒但很清新的生活，然而，他们连这个平凡的理想都没实现，最后的结局令人惋惜。但在《浮生六记》里，我们看到，作者没有回避惨淡的现实，但又过滤了生活的悲催，将自己文艺的一面呈现在读者面前，让我们得以透过他的文字沉浸在一个小小的美好世界里。

作者在生活的苦难当中，收获了乐观的人生态度，他认为人生为了功名富贵奔波是不值得的，"世事茫茫，光阴有限，算来何必奔忙"。因此，他所乐意的生活就是："闲来静处，且将诗酒猖狂。唱一曲归来未晚，歌一调湖海茫茫。逢时遇景，拾翠寻芳，约几个知心密友，到野外溪旁，或琴棋适性，或曲水流觞。"大概生活的乐趣有时就在于约几个知心朋友，游山玩水。

正因为对功名富贵的淡看，在作者眼中，最平凡的生活也充满着情趣。例如关于蚊子。夏天的时候，"夏蚊成雷"，一大群蚊子在空中嗡嗡乱叫，好不烦人，《红楼梦》里的少爷小姐们肯定没这个烦恼，而沈复此时却启动自己的想象力，对这一画面做了修改，居然把成群的蚊子想象成满天飞舞的仙鹤，"私拟作群鹤舞空"。

当然，沈复并没有用"精神胜利法"来解决这样的麻烦，他只是懂得苦中作乐罢了。在这种情况下，何不把自己当成扫除地球"魔兽"的英

妙笔生花密码

大概生活的乐趣有时就在于约几个知心朋友，游山玩水。

对功名富贵淡看，最平凡的生活也充满着情趣。

雄呢——他故意把蚊子留在帐里，用熏烟去熏。一时间蚊帐里云雾缭绕，蚊子飞舞，此时再把自己的想象加进去——"作青云白鹤观，果如鹤唳云端，怡然称快"。平凡的灭蚊场面，被想象成了如此景象，让谁能不爱这本著作呢？

名作体验阅读
MINGZUO TIYAN YUEDU

【明】沈复，《浮生六记·闺房记乐》

一幅画里的创作功夫知多少

他们走进房间，发现墙上挂着他们家主人的一幅画像，栩栩如生，同他们最后一次见到时一样，奇迹似的显得那么年轻，那么英俊。地板上躺着一个死人，穿着晚礼服，心口插了一把刀。他一脸憔悴，皱纹满布，面目可憎。他们仔细查看了手上的戒指，才终于认出他是谁来。

——《道林·格雷的画像》，奥斯卡·王尔德

画一幅画，需要功夫；写一幅画，也需要功夫。

用文字将一幅画再表现一次，让没见过的人，感觉这幅画就在眼前，那你必须要有几何和色彩概念，自己要先能理解这幅画技术层面的东西——布局、明暗、色彩、比例、构成……

然而，做到这一点，只能算是粗浅层次的解说，只是传形。

你还得传神才行。

想要传神，你得走进这幅画的世界里去，要懂得画中世界所传达的信息。你得是画中人。

要想进入画面，就必须有积累。画的是风景，你得懂风景；画的是历史，你得懂历史；画的是战争，你得懂战争……

《观巴黎油画记》堪称经典散文，至今仍是学习经典的必读篇目。此文最大的特点是描摹生动，状物细致。作者太会描写战争了，那么俭省的几段话，就把看文章的读者拽进了油画所表现的战争场面，让人分不清描写的是画，还是战争现场。

作者薛福成为何能将一幅关于战争的油画写得这么传神？难道他打过仗不成？

没错，薛福成不仅打过仗，还是高级军事指挥官。所以说，《观巴黎油画记》能写得如此生动精妙，除了跟作者的文学造诣有关，更与作者的经历有关。了解一篇文章，先了解作者，我们不妨看看薛福成究竟是怎样一个人，他又怎样来写这篇文章。

薛福成是晚清有名的外交家。19世纪90年代初，薛福成前往欧洲考察，一路上所见所闻对他震动很大。他细致深入地考察了欧洲国家的各项制度，觉得清朝应该持续不断地向欧洲学习，尤其是要集合民众的力量和智慧、能力和财富，让国家强大起来，"纠众智以为智，众能以为能，众财以为财"。

薛福成的眼光不是片面的，他还是一位文艺青年，在考察欧洲政治、经济制度的同时，还考察了欧洲的文学艺术，试图从另一个角度观察欧洲，其中重要一站就是欧洲大国——法国。

他来到巴黎，先看了蜡像馆，蜡像的造型之逼真，已经让他很惊讶，然而，有人跟他说：蜡像不算什么，欧洲人的油画那才叫绝。于是，薛福成来到巴黎的油画院，一幅巨大的油画扑面而来，他在这幅画前停步，沉吟，静思，感慨。

为什么？因为这是一幅关于战争的油画，而薛福成在观赏这幅油画之前六年，曾指挥过一场大战，对手正是法国人。

当年的烽火难免涌上心头。

1885 年 2 月，法国舰队侵犯镇海，当时薛福成正担任宁绍台道。法国舰队来势凶猛，击沉击伤清朝的福建水师和南洋水师多艘军舰，镇海的海防压力相当大。

薛福成沉着应战，用沉船堵住镇海海口，集中炮火猛攻敌人舰队，敌舰被击伤。据说法国舰队司令孤拔也在此役重伤，后来不治而亡。最后，法舰不得不从浙江沿海撤走，薛福成指挥的镇海保卫战取得了胜利。

讲这些，不只是讲一段历史而已，而是说，指挥过大型战役的薛福成是以将军的眼光，以亲历者的身份来看眼前油画的，有积累，有经历，写出来的文字自然不同。

以将军的眼光写战争油画，没有比这个视角更恰当的了。

所以，薛福成的笔法充满军事专家的色彩。文章的谋篇布局，完全是用将军布阵的手法铺排的。

可以想象，在观看油画的时候，在构思文章的时候，薛福成的眼前，又浮现出了镇海海面上冲天的炮火，激烈的厮杀，翻滚的烟雾，倾侧的战舰……记忆中的战争和眼前油画上的战争混合起来，于是他又回到了昔日的烽火战场。

🖊

凡是战争，先看地形，再据地形布列兵马，因此，此文开头就写地形："城堡岗峦，溪涧树林，森然布列。"十二个字，将战场上的几个要素都交代清楚了：山林、溪水、建筑物。

接下来是作战本身，作者那经过战争训练的目光，首先集中在交战士兵身上，而且次序分明地勾勒出作战士兵的状态和兵种。作战状态有冲锋，有埋伏，有溃散，有追击，"驰者，伏者，奔者，追者……"；兵种则有步兵、炮兵、旗手、运输兵。

再下来是战况，作者将笔调集中在战争的破坏力上，而破坏力最大的当然是炮击，"每一巨弹堕地，则火光迸裂"，房子变黑，墙壁变红。除了建筑物，受损更多的是士兵，"血流殷地，偃仰僵仆"，血流满地，死伤的士兵以各种姿势躺着、卧着，尸横遍野。

可以想象，当时的战况一片混乱，如果换上外行人，便不知从何说起，从何写起。但指挥过战役的薛福成很能抓住主要元素，从炮击的惨烈，写到人员的伤亡，建筑物的损坏，有条不紊。

这样的画面，可能也糅合了六年前的镇海炮战，薛福成可能是以镇海炮战的画面，来描述眼前的画面，如此，油画上"普法战争"的场景里便融合了镇海保卫战的元素。

最后，作为一名指挥过大战的将军，薛福成又能脱出眼前的局面，跳跃到整个战争之上，于是便有了战争之外的大环境描画："仰视天，则明月斜挂，云霞掩映，俯视地，则绿草如茵，川原无际。"天上的斜月和云霞互相掩映，地面绿草如茵，一片无边的川原。这是战后的情况。只有能全盘把握战局的人，才可能注意到画面上这些超然的因素。

如果不是一个有战争经验的将军，面对这样巨幅的油画时，很可能一片茫然，不知从何下手。你很可能先写月光下的平原，然后写炮击后建筑物和人员的惨状，接着又写士兵的作战姿态和兵力组成，最后才写地形。而有战场经验的薛福成，有条不素地将画面上这些元素以不一样的方式有序组织起来。

表现大的场面，除了要能清晰地组织画面上的元素，还有一点也很重要，那就是要有节奏感。

薛福成属于文学上的桐城派，笔法颇有造诣。中国传统文学讲究韵律和句式，要有词句上的形式美。文字的组合，本来就如一幅视觉画面，整齐和错落相结合，整篇文章才能如一幅章法紧凑、形式美观的画，展现在读者面前。

《观巴黎油画记》中，长短句的交叉使用很有讲究。讲巴黎蜡像时，用了一连串的短句："或立或卧，或坐或俯，或笑或哭，或饮或博。"而在描述战争场面时，长短句结合，骈散相应，犹如大珠小珠落玉盘，很有节奏感，例如短句——"驰者，伏者，奔者，追者……"，短促紧急，好像战场上一发发子弹；接着又是相对整齐的句子："则火光迸裂，烟焰迷漫；其被轰击者，则断壁危楼，或黔其庐，或赭其垣。"

文字的排列组合对文章的表现力能起很大作

妙笔生花密码

想要传神，你得走进这幅画的世界里去，要懂得画中世界所传达的信息。你得是画中人。

用，无论是读者视觉上的观感，还是朗读时的语感，都影响到对文章的接受程度。对于句式的训练，很多人似乎有不少提升加强的空间。

✏️

薛福成毕竟是中国人，在描写一幅外国人的油画时，必须得用中国思维，因为这篇文章是写给中国人看的。

薛福成处在晚清时期，那正是中华民族遭受列强侵略，签订一系列丧权辱国的条约之时，作为中华儿女，自然有一种深深的挫败感。薛福成就是带着这种心态去看法国人表现自己战败的油画的。

法国舰队在镇海是以侵略者的面目出现的；而在普法战争中，他们则是以战败者面目出现的，之后被迫与普鲁士签订了屈辱条约。这一点，倒是和晚清十分相类。

薛福成在观看这幅有关"普法战争"的油画时，完全是站在失败者的角度感受的。同样是失败，都有一洗雪耻的悲愤。从这种角度出发，才会让中国读者产生共鸣。这样写，等于将这幅画用晚清仁人志士的眼光重新"勾描"了一遍。

法国人为什么要画自己的败象，因为要吸取教训，以图报仇。中国人为什么要观看这幅画，因为要从别人的教训中唤醒自强意识，以图强国。这才是晚清中国人打开这幅《普法交战图》的正确方式。

解说一件艺术品，一定要照顾人们的情感需求，从中找出能与大家产生共鸣的地方，要让人们意识到作品跟自己有什么关系。这样，这件艺术品才会被大家所接受。否则，写得跟人们没什么关系，大家干吗要读你的文章呢？🍍

名作体验阅读
MINGZUO TIYAN YUEDU

【清】薛福成，《观巴黎油画记》

暗藏玄机，让伟大作品更耐品

有草蛇灰线法。如景阳冈勤叙许多"哨棒"字，紫石街连写若干"帘子"字等是也。骤看之，有如无物，及至细寻，其中便有一条线索，拽之通体皆动。

——《读第五才子书》，金圣叹

  "智取生辰纲"是《水浒传》中一处极重要、极精彩的情节，其精彩在于"智"。都是会武艺的好汉，却完全不用武艺；都是使刀枪的英雄，却不使刀枪。所谓智，有时候不外乎一种掩盖手段。唯有掩盖，才能迷惑；只有迷惑，才能巧守，或者智取。

  杨志是一条好汉，他的刀法能和八十万禁军教头林冲打个平手。然而，在押运路上，他放下了自己的一身武艺，用挑担客的外表掩盖了自己的真实身份。杨志是巧守的一方。

  晁盖、吴用、公孙胜、刘唐、阮氏三雄都堪称好汉。晁盖的武力能移动一座塔，刘唐的武艺据他自己说，"颇也学得本事，休道三五个汉子，便是一二千军马队中，拿条枪也不惧他"。

阮氏三雄的武力也是很强大的。尽管如此，一伙好汉却都放下了自己的武艺，用贩枣客的外表掩盖了自己的实力。晁盖一伙是智夺的一方。

双方以"巧守"对"智夺"。就用计而言，杨志并没输给晁盖他们，杨志的倒霉之处就在于：信息不对称。

杨志这支押运队伍要面对的是整个江湖，要防范的对手并不确定，是一个又一个群体。可以说，防得了这个，防不了那个，总有一个防不住。面太广，太泛，信息不明朗。

晁盖这一伙呢？要面对的就只有杨志他们这一个团队，对手完全是确定的，信息也是明朗的，针对一个具体的对象制定谋略，成功的概率就高多了。

所以，双方在黄泥冈相遇的时候，胜负基本已经定了。杨志一伙毫无针对性地提防着，晁盖一伙却有的放矢地算计着，主动权完全把握在后者手里。

当然，杨志的失败，还有一群拖后腿的队友的"神助攻"，这主要是指梁中书夫人派遣出去的奶公谢都管和两个虞候。这三人成事不足败事有余，总是兴风作浪，干扰杨志的组织计划。黄泥冈被劫，从人事上说，这三位要负主要责任。

这三位的出现，在体现梁中书夫妇"愚"的同时，却体现了作者的"智"。这个"智"，主要体现在伏笔上。

好的故事，尤其是有悬念的故事，在事先往往有预兆，有伏笔。在杨志的队伍出发之前，伏笔就已经在路上了。

杨志在受梁中书委托的过程当中，连续有过两次拒绝。

第一次拒绝，是梁中书要大张旗鼓地押运生辰纲。杨志说这没法押运，因为目标太过暴露。第二次拒绝，是梁中书的夫人想要派人给太师家眷另外送礼。杨志也说没法押运，因为这伙人自己没法使唤。

两次拒绝，暴露的浅层问题是：梁中书一伙根本不长脑子，不知江湖险恶，不知民间动向。而暴露的深层问题是：梁中书不信任杨志。不信任的具体表现就是，押运队伍一定要搭上夫人的小团队。与其说是搭上，不如说是安插。

也许有人要问，这不是夫人的意思吗，与梁中书何干？在队伍的尾巴上，附上内眷的礼物，也是理所当然的啊。殊不知，梁中书的狡猾和愚蠢之处就在这里。心里不信任一个人，但口头上又不方便表达，怎么办呢？只能找借口，让旁人监督。梁中书心里对杨志有疑虑，但碍于自己身为达官显贵的面子，不方便明确表达出来，于是就找了那么一个冠冕堂皇的理由：夫人要塞上一个送礼小团队，只是顺便的，不是我的意思，是夫人的意思，杨志你不要在意。

实际上，梁中书夫人顺便塞上来的这三个人，就是专门监督杨志的。

既然不信任杨志，为什么又要杨志担任押运主管呢？这其实是梁中书的狐疑性格使然，并非针对杨志，派任何人去，他都可能这样操作。这就是作者最深的伏笔。

从梁中书夫妇做出决定的那一刻开始，其实这次运送生辰纲就注定了失败的命运，因为杨志的主动权已全然被削弱，而且分给了三个窝囊废，加之晁盖一方精心准备、齐心协力，早就磨刀霍霍，结局可想而知。

黄泥冈上的斗智堪称惊心动魄，其实在此之前的斗智，也是暗流涌动。那就是杨志和梁中书夫妇间的矛盾。一方屡次出蠢主意，一方屡次推却。同一阵营的双方都在角逐，在拉锯。梁中书夫妇不信任杨志，而杨志也感觉到了这种不信任，并做出了最大的抗争，但最终还是无奈地接受了。

清代著名文学评论家金圣叹说"以一都管、两虞候为监"，就已经是在防范杨志了，但又想不让杨志感觉到他们的不信任，

"于是即又伪装夫人一担，以自盖其相疑之迹"。金圣叹批评梁中书这是不知轻重，"视十万过重，视杨志过轻"，把押运的礼物看得过重，却把杨志看得过轻。重物而轻人，梁中书的用人态度注定了这次行动的失败。

✎

黄泥冈上的斗智结束了，杨志他们一行人吃了蒙汗药，动弹不得，眼睁睁看着众好汉推车把金银财宝夺走了。而杨志与梁中书夫妇的斗争也有了交代。杨志的药力过后，他没有去报案，也没有争取向梁中书解释的机会，而是首先怒斥了同伴，然后选择了逃避。

为什么？因为他早就知道，梁中书夫妇并不信任他。更深一层的是，杨志知道，梁中书根本只会把他当成一个武夫，而不会把他当成一个国士。你既然不以国士待我，那我就以匹夫待你，事情办不成，就一溜烟走人。

所以，在读"智取生辰纲"这一节故事时，我们也要好好玩味一番杨志和梁中书夫妇的暗中角力。

梁中书夫妇的存在，于出发前就已把杨志失败的原因说透了，把杨志的悲剧锁定了。他们夫妇对于杨志这个角色而言，其实和晁盖是一伙的，他们两面夹击，让杨志无路可行。杨志最终彻底走向江湖，梁中书夫妇和晁盖一伙都是推手。晁盖他们让杨志有家难奔，梁中书夫妇让杨志有国难报。

以上是从结构上说，如果从主题上说，写在黄泥冈之前的这段插曲，又有什么作用呢？

还是金圣叹说得好："故我谓生辰纲之失，非晁盖八人之罪，亦非十一禁军之罪，亦并非一都管、两虞候之罪，而实皆梁中书之罪也。"生辰纲被劫，不是杨志的责任，不是他团队的责任，也不是晁盖他们的责任，而是梁中书的责任。梁中书动机不纯，用人存疑，而且用人不当，将金银财宝看得比人还重，早就有错在先，后面的结果只是顺理成章而已。

作者通过梁中书夫妇的为人处世，影射了统治者的昏聩、多疑，导致良才不得其用，庸才大行其道。林冲不被重用，被逼上梁山；杨志郁郁不得志，最终还是避免不了上梁山的命运。将好汉们逼上梁山的，不只是高俅一伙的毒辣，也有

妙笔生花密码

好的故事，尤其是有悬念的故事，在事先往往有预兆，有伏笔。比如，在杨志的车队出发之前，伏笔就已经在路上了。

梁中书一伙的昏聩。整部小说的主题——官逼民反，无疑通过

"智取生辰纲"一节从另一个角度得到了再次确认。

名作体验阅读

MINGZUO TIYAN YUEDU

【元末明初】施耐庵，《水浒传》第十六回

杨志押送金银担　吴用智取生辰纲

佳构篇

高明的作品构想往往很奇妙

纪实作品，其实可以来点魔幻色彩

多年以后，奥雷连诺上校站在行刑队面前，准会想起父亲带他去参观冰块的那个遥远的下午。当时，马孔多是个二十户人家的村庄，一座座土房都盖在河岸上，河水清澈，沿着遍布石头的河床流去，河里的石头光滑、洁白，活像史前的巨蛋。这块天地还是新开辟的，许多东西都叫不出名字，不得不用手指指点点。

——《百年孤独》，加西亚·马尔克斯

很多人说《捕蛇者说》是一篇"新闻类"纪实作品，采写者是唐代文豪柳宗元，而被采写者是捕蛇人蒋氏，反映的问题则是苛捐杂税对百姓的危害比毒蛇还毒。不过，或许你已经发现，《捕蛇者说》其实透着浓浓的奇幻色彩，或者说魔幻色彩，极具魔幻现实主义风格。

开什么玩笑？奇幻和新闻报道应该是八竿子打不着的两种风格：前者更偏传奇和幻想，可以有大篇幅的虚构；而后者注重写实，来不得半点虚假。然而，理论是僵死的，现实是圆融的，这种概念区分到了中国传统文学那里，似乎就不那么灵了。

自先秦诸子中的庄子、孟子、韩非子到后来的韩愈、柳宗元、苏轼、刘基等人，各种纪实手法都很灵活，他们从不画地为牢，什么童话啊，寓言啊，神话啊，都可以用来反映现实问题，而且还是正儿八经地反映现实问题，手法看似荒诞，可反映的问题却很真实，而且往往比纯粹的写实更深刻，更生动，更能唤起人们的危机感、正义感和参与意识。

我们不妨先来看看柳宗元的《捕蛇者说》这篇传统纪实文学的里程碑式作品，是怎么带有强烈的魔幻主义色彩的。

柳宗元在永州为官，认识了一个姓蒋的捕蛇人，两人开始聊起来，其实就是典型的人物专访。

捕蛇人一提起自己的家世，就充满悲凉和哀伤，"言之貌若甚戚者"。原来，他们家世世代代捉蛇，也几乎世世代代死于毒蛇。柳宗元很同情他，既然你们家世代为蛇所苦，那我批准你不再捉蛇，老老实实种地去吧，这样比较安全。

谁知道姓蒋的捕蛇者听到这个消息，不仅没有高兴，反而"汪然出涕"，说出了一番道理：虽然蛇狠毒，抓蛇有生命危险，但只要每年抓两条交上去，就什么税都不用交了，可以安安心心吃着地里面种出来的庄稼过日子。而那些只种地的乡亲，因为交不起税赋，死的死，逃的逃，十户人家剩不下几户。"曩与吾祖居者，今其室十无一焉。与吾父居者，今其室十无二三焉。与吾居十二年者，今其室十无四五焉。"

文章中的一系列问题其实是很现实的，柳宗元却以神奇的手法去讲述它。

首先，蛇毒被神化了，柳宗元极大限度地表现了毒蛇的危害性，"触草木，尽死"。你说这可能吗？如果这篇文章发表在现代，估计早就被各种砖拍下去了：柳先生，你这种没有科学常识的说法能忽悠谁啊，蛇毒渗入血液才能起作用，而永州地区这种蛇居然连草木都可以杀死，而且是接触即死，难道它会喷除草剂的吗？

你以为柳宗元不懂这个常识吗？才不是，告诉你们一个秘密：他是故意的，故意把蛇毒写得那么吓人。黑质而白章的异蛇，所过之处草木尽死，这种见谁灭谁的毒虫，问世间还有谁比它更毒？

别说，还真有，那就是唐朝中期的苛捐杂税。蛇毒已经够惊悚的了，居然还有比它更惊悚的。惊悚之上再加一层惊悚，剧毒之上再加一层剧毒，把人们对蛇毒的恐惧上升到了对当时横征暴敛的恐惧。从小到大，从微到巨，一步步来，富有魔幻手法的文字，起到了富有千钧之力的表达效果。

柳宗元一步步写作的过程中，有两条线索交织展开。一条线索是逐渐淡化人们对毒蛇的恐惧。开始的时候，挺吓人的，蛇毒喷出去，居然连草木都会死。接下来，蛇的危害开始被弱化，它再怎么毒，还是有人敢去抓它。而专门抓这种蛇的人，虽有被毒死的风险，但这种风险一年只有两次，完成就可"弛然而卧"，安心睡大觉，还是值得承担的。一路写来，人们对毒蛇的恐惧被一点点淡化，最后我们发现，它其实也没那么可怕。

另一条线索，则是强化苛捐杂税之毒。捕蛇者虽然身世够惨了，但是，他比那些不捕蛇而专门种地的乡亲幸运多了。这些乡亲一个个家破人亡，幸存者"十无二三"。

毒蛇几十年只咬死数人，苛捐杂税却"毒"死几乎一个村落的人。两条线索这么交织下来，是何等令人惊奇——充满魔幻色彩的画面，产生了一个又一个悬念：蛇这么毒，为什么还是有人冒着危险去抓它？一家几代都有人被蛇咬死，为什么还不放弃捕蛇的行业？为什么不捕蛇的人，死亡率比捕蛇者还高？

抖完一个包袱又一个包袱，这分明就是一部结构严谨、处处有奇的小说。柳宗元能把现实材料以魔幻的方式加以处理，又不失真实，这种本领，在读文章时很值得留意，很值得学习。

✐

谈柳宗元的《捕蛇者说》，不妨跳跃八百年，和清代的蒲松龄一起谈谈。我们都知道，蒲松龄是讲狐说鬼的，跟柳宗元的"新闻调查"有什么关系呢？

其实大有关系。

蒲松龄的《聊斋志异》里有一篇名为《促织》的小说，同样是一篇充满诡异色彩的幻想故事。它和《捕蛇者说》有题材上的交集，写的都是上交朝廷的特供物品。

我们可以再大概回顾一下《促织》这篇故事。明宣德年间，皇帝爱斗蟋蟀，就从民间征调。华阴有个叫成名的穷书生，因为交不上合意的蟋蟀，经常被打得皮开肉绽，家里也穷得无以为生。后来，成名病急乱投医，借巫师的暗示，找到了一只上品蟋蟀。正欢喜之际，却被儿子不小心弄死，真是大祸临头。儿子"畏罪"投井，全家人绝望至极。没想到儿子的灵魂化为善斗的蟋蟀，赢得了朝廷的赞赏，为家庭带来了富贵，皆大欢喜。

最后，儿子死而复生，一家团聚。

　　这分明是一个神话或童话，故事情节是经不起科学验证的。人物命运的转机，全靠不合理的魔幻情节支撑，然而，这并不妨碍它的写实性。神话的外壳，纪实的内容，其逼真度依然经得起检验。

　　例如为了找到一只能上贡到朝廷的蟋蟀，成名一家的小心翼翼和极端恐惧，写得如在眼前。成名的儿子不慎弄死蟋蟀，其母大骂："业根，死期至矣！"为了一只蟋蟀，连"死期至"这种恶毒的话语都用上了，这种连亲情都顾不上的表情和语调，是何等如在眼前。成名的儿子投井自杀，便成了很自然的情节顺延，影射了因为贡品而害得百姓家破人亡的史实。虽然故事在荒诞离奇的轨道上运行，但它显示出来的社会百态、人物面目却是逼真且现实的。

　　用稍加虚构的逼真故事，讲述真实的历史和人情，从这个角度来讲，说《促织》是一篇报告文学，有一定的道理。看完故事我们可能会会心

妙笔生花密码

有些作品的写法看似荒诞，可反映的问题却很真实，甚至比纯粹的写实更深刻，更生动，更能唤起人们的危机感、正义感和参与意识。

一笑，但细思故事背后的社会现实，恐怕怎么也笑不出来。

为什么《捕蛇者说》和《促织》都用了离奇的手法表现现实话题——在虚构情节的基础上反映现实问题、社会问题？这其实涉及中国史学的一个传统，那就是展示"奇"。中国人既重纪实，也重猎奇。无论怎么沉重的现实问题，都喜欢用虚构故事的方式表达出来。

例如司马迁写《史记》，除了实录这个特点，还有一个原则就是要有奇人奇事。史书不光是资料，也是给人看的，总不能让人看得昏昏欲睡吧，那就得"奇"。例如写陈胜，当陈胜还是一个佣农的时候，没什么值得称道的，司马迁却抓住了陈胜早年的一次"牢骚"：燕雀安知鸿鹄之志。一下子让人物的奇崛之处跃然纸上，但又不失真实。

中国的史学传统，其实也是文学传统。司马迁的风格无疑影响到了柳宗元和蒲松龄，哪怕最平淡的题材、最平凡的人物，一旦出自他们的笔端，就无论如何都要显示奇异的一面。因此，中国古代文学家在处理现实题材时，很多时候也会秉承"奇"的标准。这种"奇"可谓无处不在，既体现在人物上，也体现在情节上，甚至也体现在语言上。例如柳宗元笔下苛捐杂税之毒与蛇毒的比较，真是平中见奇，却又不让人觉得不靠谱。

再如刘基的《卖柑者言》，借卖柑者的语气痛斥当时"金玉其外败絮其中"的不良社会现象。道理是对的，反映的社会事实也是对的，然而，卖柑者这个人的真实性却值得怀疑。真有这么一个小贩卖质量低劣的柑橘，还能数年不衰，长期经营下去吗？人物的身份就显示了"奇"的原则。

我们的周围不可能经常发生传奇的事，不可能经常有传奇的人，但传奇与否，有时不在人和事本身，而在于我们的笔力。如何将身边平淡的人和事写得带有传奇色彩，引人入胜，取决于你的文字功夫到家与否。

柳宗元和蒲松龄，是我们化平淡为神奇的作文老师。

名作体验阅读
MINGZUO TIYAN YUEDU

【唐】柳宗元，《捕蛇者说》

文章写给谁，决定你该怎么写

我把我的这幅杰作拿给大人看，我问他们我的画是不是叫他们害怕。

他们回答我说："一顶帽子有什么可怕的？"

我画的不是帽子，是一条巨蟒在消化着一头大象。于是我又把巨蟒肚子里的情况画了出来，以便让大人们能够看懂。这些大人总是需要解释。

——《小王子》，圣埃克苏佩里

　　宋仁宗嘉祐元年（公元 1056 年），首都汴梁来了父子三人。当时的人们根本没有意识到，这父子三人将会在大宋乃至中国文化史上留下浓墨重彩的一笔。老爸苏洵，大儿子苏轼，二儿子苏辙，他们来汴梁是为参加大宋的科举考试。打个不太恰当的比喻，算是宋代的"高考"吧。

　　父子三人千里迢迢从四川赶来，在当时世界上最大最繁华的都市汴梁城里，人脉资源并不丰富。他们有一肚子的学问和才华，但想要让天下人知道，方式只有一种——参加科举，通过考试让自己名扬京城，然后名扬天下。那一年，苏轼二十一岁，苏辙十九岁，来陪考的苏洵四十八岁。第二年春，苏家兄弟参加了礼部主持的进士考试。

我们不妨设想一下苏轼当时在考场上的心理活动。进入考场，考卷发下来，苏轼铺开卷子，一看题目，是《刑赏忠厚之至论》。换现在的话说，就是论"赏罚要厚道"。古代作文题目讲究来源，不能凭空想出一个，一定要引经据典，否则就会被人笑话没读过什么书，出题没依据。而苏轼当时遇到的这个作文题，那是很有来头的，出自汉代学者孔安国给《尚书·大禹谟》作的注文："刑疑付轻，赏疑从重，忠厚之至。"

这个题目有点大啊。苏同学，你的知识储备如何？

苏轼拿起笔，首先对这篇作文做常识上的判断。这种判断是建立在自己扎实学习基础上的。苏轼当年读书，首先也是为了应试，希望考上进士，取得功名。在古代，大文豪也免不了走这条路。他自己后来说过："读书作文，专为应举而已。"对于应试所需的儒家经典，他已相当精熟，知道这是儒家的著名观点——对于有疑问的案件和赏赐，前者应从轻，后者应从宽，以显仁厚之风。

文章的主题确立了，便不容易跑题，那文字风格该怎样呢？苏轼此时可能想到了主考官欧阳修。想要考中，不妨琢磨一下考官喜欢什么样的文字风格，然后向这个方向靠拢。

根据收集到的信息，主考官欧阳修最痛恨华而不实的文风，主张写文章要明白晓畅，用平实的文字表达深远的思想。所以，今天的作文绝对不能写得华丽丽的。写得太过华丽，就是死路一条。我们今天虽然无法判断阅卷老师是谁，但参考一下历届高考优秀作文，还是能够心里有谱的。

文字风格确定了，接着是表达方式。想在考场上一鸣惊人，表达方式是极其关键的。同样的主题，换种表达方式，给主考官留下的印象可能完全不同。这一点简单来说，就是要出彩。想到这一点，苏轼决定冒险。

怎么个冒险法呢？他决定用讲故事的方式来表达文章主题！他想到的故事，灵感来自周公，然而，具体的典故如何，他的记忆有点模糊了。既然记不清了，干脆就虚构吧。苏轼决定玩把大的。

苏轼虚构了这样两个故事。

第一个故事，话说上古时期，尧和最高法官皋陶亲自审理一起刑事案件。皋陶连续三次判囚犯死刑，尧却连续三次否决，最后决定宽赦被审人。

第二个故事，主角还是尧。当时的四方首领推荐大禹的父亲鲧为官。尧说："鲧这人靠不住，不听命令，还使家族蒙羞，不能用。"四方首领却坚持推荐鲧，尧动摇了，说："那就试试吧。"

苏轼以这两个虚构的案例，论证了作文题中那个中国传统的司法思想："罪疑唯轻，功疑唯重。与其杀不辜，宁失不经。好生之德，洽于民心。"判罪时有疑点，那就从轻；授功时有疑点，那就从厚。与其错杀无辜的人，宁可犯执法失误的过失。有好生之德，才能得民心。上述思想妥当与否，这是古人的价值观，我们不做判断，但有一点可以确定，苏轼用两个故事，将儒家抽象的司法理念阐述得生动而明晰，让人印象深刻，远胜过千万句理论性的表述。

考卷交上去，到了放榜那天，写故事的苏轼居然中了，而且高居第二名。苏轼成功了。其实，他本可被录为第一的。那么，考卷到了主考那里，发生了什么？

主考欧阳修打开苏轼的作文，顿时感到一股清新之气扑面而来。瞧瞧这作文，不涂脂抹粉，不卖关子显深奥，文字平易却生动活泼。这不仅合欧阳修的胃口，还让他觉得自己在文学理念上后继有人，欢天喜地说了句："这后生有出息，我欧阳修以后得给他让路。"

不仅让主考欢喜，而且让主考觉得是他的衣钵传人，苏轼这一着险棋，算是走对了。当然，苏轼还得感谢副主考梅尧臣。因为他在苏轼的卷旁加了一句："这考生的文字好像孟子。"这可了不得，孟子是儒家的圣人，又是欧阳修的偶像，自然加分不少。不过，欧阳修是个有回避精神的人，他担心这个考生是自己认识的人曾巩，犹豫了一下，取了第二名。

苏轼这一记"点球"之所以成功，取决于他"进球"的姿态是正确的。在苦读书的同时，他正确把握了时代发展的潮流，敏感地感受到了时代文脉的发展方向。正确的时代潮流未必是当时流行的，也未必是主潮流，只有有心才能捕捉到。所以，苏轼一赌成功，并非侥幸，而是必然。所以，文章要上档次，哪怕是写应试作文，也一定要关心时事，对时代新动向极其敏感，甚至要有点先知先觉。这就要求我们比别人更关心时代发展的细微征兆。

放榜之后，苏轼去拜访欧阳修、梅尧臣。欧阳修问："苏同学，尧和皋陶的典故，是哪本书上的？"苏轼老老实实回答："想当然耳。"师生相视而笑。故事是虚构的，思想却是真实的，也就罢了。

苏轼的优秀作文一出来，顿时"粉丝"大增，点赞如云，好评如潮。京城里的市民排着队请苏大才子写文章。苏轼也懂感恩，写了一封感谢信给梅尧臣。写感谢信其实也不容易啊，我们不妨看看苏轼是怎么写的。

当时的梅尧臣并非高官，只是国子监的直讲，官不过五品，如果夸他是朝廷栋梁肯定太肉麻。官不高，那就夸梅老师文化高、人品好吧。

苏轼说，梅老师您不是大官，却是大贤。大官和大贤有什么区别呢？周公是大官，却兄弟不睦，遭人误解，内心很不快乐。孔子呢，不是大官，却是大圣大贤，总是乐陶陶的，跟学生们过着简单快乐的日子。言下之意是，梅老师您像是孔子啊。这帽子送得够高了。

信中，苏轼还直截了当地表达了自己的感激之情，说自己此前忙着复习功课，来京城一年多了，也没能登门拜访。其实，真实情况可能是苏轼他们在京城根本没有人脉关系，没人替他们打

妙笔生花密码

文章要上档次，哪怕是写应试作文，也一定要关心时事，对时代新动向极其敏感，甚至要有点先知先觉。这就要求我们比别人更关心时代发展的细微征兆。

点，替他们做推荐，"非左右为之先容，非亲旧为之请属"，却没想到天上掉馅饼，苏轼我居然中了榜眼，这馅饼都是您跟欧阳前辈给我的啊。

赞美的话说过了，歉意也委婉地表达了，接下来就得套套近乎了。苏轼说自己的文章能被赏识，证明梅先生是自己的知己。能有大贤做自己的知己，实在是人生最大的乐趣。所以苏轼希望能成为梅尧臣这位大贤的门徒，"有大贤焉而为其徒"——以后梅老师有什么高见，"轼愿与闻焉"，我一定洗耳恭听。这摆明是要经常保持联系的意思。

给不太熟悉的师长写信，这种态度最好。看似谦卑，实际是不卑不亢；虽有赞美之词，又不言过其实，沦为溜须拍马。这封感谢信，也是一篇名文，叫《上梅直讲书》。苏轼不愧是文学巨匠，应试作文和一封感谢信都能写成千古流传的佳作。

名作体验阅读
MINGZUO TIYAN YUEDU

【宋】苏轼，《刑赏忠厚之至论》

严肃主题，多点儿轻灵更好看

负担越重，我们的生命越贴近大地，它就越真切实在。相反，当负担完全丧失，人就变得比空气还轻，就会飘起来，就会远离大地和地上的生命，人也就只是一个半真的存在，其运动也会变得自由而没有意义。那么，到底选择什么？是重还是轻？

——《生命不能承受之轻》，米兰·昆德拉

　　唐代是中国文学的巅峰时期之一，文学之盛，众所周知。如果在唐代参加科举考试，那将是一件很残酷的事情。才高八斗如李白，直接不愿参加考试；而像杜甫这样有才华的人，参加考试同样可能落榜。因为录取名额非常有限，录取率自然不高，所以考试结果往往很无情。

　　实际上，在唐代，考生能否榜上有名，除了"考试成绩"，还跟"平时成绩"有关。"平时成绩"怎么考查，又由谁来考查呢？这其实也形成了一种传统、一种制度。

　　所谓"平时成绩"，主要看你平时写的诗文在内行人眼中究竟怎么样，在社会上的影响又怎么样。而这些所谓内行人，一般指主试官员和有地位的相关人士。主试官员除了可以批阅试卷，还可以参考考生平时所写诗文来决定推荐与否，以及他们的排名。而唐代那些有名望的人，也有机会参与到推荐的过程中来，这项制度叫作"通榜"。

当然，"通榜"的可行性是建立在考卷不糊名的基础上的。唐代考生参加礼部主持的考试，在很长一段时间内，考卷是不糊名、不封卷的。如果李白参加考试，试卷上考生姓名一栏上就会显示考生姓名为李白。如此，从收试卷的人到改试卷的人，就都知道这是李白的试卷，这在当时是容许的。

那么，在主试官员看到考生试卷前，能否先有一个好的印象，起加分作用，就要看考生的手段了。至少他们可以把自己平常创作的作品，工工整整地写好，并且尽量修饰得漂亮一点，在考试前呈到主考官和相关人士那里去，争取留下好印象。这种制度和传统叫作"行卷"。

既然想给主试官员和文坛前辈留下好的印象，那么在"行卷"时一定得把自己最好的作品呈上去，尽量把自己最好的一面表现出来。考生们为此常常挖空心思，反复修改，使作品趋于完美。其实，这就成了一个严肃的创作过程。这些考生可能没有意识到，他们在取悦考官的同时，也提升了大唐文学的整体品质。

　　"行卷"时呈上去的作品可长可短、可多可少，但往往会被做成诗文集的形式。比如晚唐的杜牧就非常努力，他曾一口气呈上去一百五十篇作品，基本上相当于一本书了。当然，多不是最重要的，最重要的是作品质量。白居易十六岁时从江南到长安，带了诗文谒见当时的名士顾况。顾况看了白居易的名字，开玩笑说："长安米贵，居大不易。"但当他翻开白居易的诗卷，读到《赋得古原草送别》这首诗时，不禁连声赞赏说："有才如此，居亦何难！"这首小诗，不过几十个字，却不只给推荐人留下了极好的印象，也给中华文学的宝库留下一朵奇葩，成为咏物作品的代表作之一。

　　既然要想方设法给考官留下好印象，大家就不只是拼文字质量了，还要拼文字形式。于是乎，他们又创造出很多新的题材和体裁来取悦考官。唐代中期以后，有些考生干脆写"小说"，甚至写"童话"一般的传奇小说，以惊人的想象力和文字表现力凸显自己的才华。据学者考证，当时知名度很高的志怪小说集《玄怪录》《续玄怪录》和《传奇》等，很有可能就是写给主考官看的。按照现在的理解，唐代版的"哈利·波特"就是写给主考官看的。这种新现象无疑促进了唐代文学的多样化。

据考证，这种以传奇小说作为"行卷"作品的现象，源于唐代的贞元、元和年间。这里且举一例为证，那就是韩愈写的求荐信《应科目时与人书》。

说起来，韩愈的仕途之路走得着实不易，他从十九岁就开始参加科举考试（贞元二年），尽管他天分很高，读书也很努力，但唐代的科举考试竞争实在太激烈了，他连考三次居然全都落榜了，一直到第四次才考中进士，这已经是贞元八年的事了。

不过，不要高兴得太早，因为中了进士并不等于大功告成，还得参加吏部的选拔考试，过了关才能有具体的职位安排。这种考试叫作"释褐试"。"释褐试"是糊名的，但如果有人帮考生做推荐，对顺利过关也是有帮助的。

韩愈这时也着急了，不能不想想办法。想来想去，他决定给吏部的主管，也就是人事官员，写一封求荐信，这就是我们前面提到的《应科目时与人书》。所谓"应科目"，就是应试的意思。这里讲的"科目"，具体指博学宏辞科。韩愈参加这次考试前，给吏部的主管写了这封信，这是他中进士之后第二年的事。

　　写给主考官的信，当然要感情真挚、态度诚恳，然而，那时向主考官说情的，有谁不是感情真挚、态度诚恳呢？韩愈要想给主考官留下深刻印象，还真得玩出点儿花样来。我们不妨看看韩愈是怎样写这封求荐信的。

　　这封信写得着实不平常，简直突破一般人的想象。一开篇，刚刚一句问候之后，韩愈马上勾勒出一幅神奇的画面。大江之畔，躺着一头怪物，"非常鳞凡介"，不是平凡的鱼虾之类。怎么个不平凡法呢？只要有水，它就能呼风唤雨，上天入地，似乎是一条龙的样子。韩愈的意思很明确，他想告诉主考官自己其实就是人中之龙。

　　既然你这么厉害，还写这封信干吗呢？韩愈其实在开始就留了一个伏笔：自己虽然很厉害，但终究需要有"水"的滋润。于是，他笔锋一转，说如果没有水，这巨兽也就是平常的样子，只能窝在很小的地方，恐怕还会时常遭到一些普通水兽的嘲笑。

　　当然，要给这条超凡的龙洒点水也容易，简直是举手之劳。但它扬言自己和一般动物不同，它宁愿死在泥沙里，也不会俯首帖耳，摇尾乞怜。所以，有能力帮它的人也基本上都对它熟视无睹，对它的生死毫不关心。如今，它又遇到了一个有能力帮助它的人，谁又知道这个人会不会帮助它，把它转移到水里去呢？韩愈的话已经讲得很明白，求助的意图也已经很明显。

在这篇传奇故事里，韩愈用形象的文字将自己塑造成一条既有本领，又有个性的龙，且呈现出两组矛盾：既可呼风唤雨，上天入地，却又受制于区区几滴水；既高傲自负，又不得不求助于人。人生的两组矛盾，通过一条受困的龙的形象，凸显在对方眼前。具体的困难，那就不啰唆了；至于本人的意图是什么，你懂的。

当然，梦想和现实之间是有距离的。韩愈这篇神奇的求荐信得到一个不怎么好的结局：没门儿。不过，韩愈的努力不是没有用的，三年之后，他获得了唐代名臣董晋的青睐，做了宣武军节度使观察推官。给这条龙浇水的，果然非泛泛之辈。

其实，在古代早些时候，文学和非文学的界限不是很明显。很多实用型的作品，例如史学作品，也能当成文学作品来读。例如《史记》，本身是历史著作，却也是文学范本。王羲之信手写一张便条，也能成为脍炙人口的散文小品。一直

妙笔生花密码

其实，不管从事什么工作，最好有点文学、文艺的素养。文字不只是严肃的东西，也是有灵性的东西。

到南北朝时期《昭明文选》的出现，人们才开始有意识地区分文学和非文学。

因此，古人的笔法往往很灵活，求荐信也能写成类似"童话"的故事。谁能想到，韩愈居然干过安徒生干过的活儿。其实，不管从事什么工作，最好有点文学、文艺的素养。文字不只是严肃的东西，也是有灵性的东西。从事任何工作，都得有点灵性，富于创造性的文字往往很能启发灵性。

名作体验阅读
MINGZUO TIYAN YUEDU

【唐】韩愈，《应科目时与人书》

眼中有山水，胸中才能有丘壑

　　人应当更谦虚地看待自然和风景。为此，固然有必要出门旅行，同大自然直接接触，或深入异乡，领略一下当地人们的生活情趣。然而，就是我们住地周围，哪怕是庭院的一木一叶，只要用心观察，有时也能深刻地领略到生命的含义。

——《一片树叶》，东山魁夷

　　说明文是写作当中的重头之一，其要求主要是将说明对象写清楚，从外形到特点，从属性到功能，等等。此类创作可以不太讲究文采，审慎严谨、具有科学性才是王道。

　　然而，我国古代有这样一本书，算是成书于南北朝时期的地理学专著，但它除了是河流水道方面的经典著作，居然还跳出地理"说明文"的范畴，跨越到了纯文学领域，让无数文人墨客竞折腰，成为后世文学创作的范本，尤其很多山水方面的诗文，甚至直接以它为蓝本。说其魅力直追《红楼梦》也不为过，因为关于此书的研究也跟"红学"一样，成了一门独立的学问，历久不衰，热捧不断。

这到底是一本怎样神奇的著作，作者又是怎样一个神奇的人，竟能将科学"说明文"写成文学名著呢？

在解答这些问题之前，先让我们来回味回味北宋大文豪苏轼那些气壮山河、涤荡心胸的好文章。对很多人来说，其中最有名的莫过于"大江东去，浪淘尽，千古风流人物""乱石穿空，惊涛拍岸，卷起千堆雪"这些句子。

以上是词，还有赋，例如"月出于东山之上，徘徊于斗牛之间。白露横江，水光接天。纵一苇之所如，凌万顷之茫然……"

好一支如椽巨笔，驱使大江，掀起波浪，浩浩荡荡，雄浑磅礴。有意思的是，苏轼最激动人心的文字，似乎总和水分不开。除了《念奴娇·赤壁怀古》和《赤壁赋》中的文字，还有《游金山寺》里的诗句"闻道潮头一丈高，天寒尚有沙痕在""微风万顷靴文细，断霞半空鱼尾赤"，将长江水系的地理特质与自然之美写得水乳交融，相得益彰。

苏轼把水写得这么好，究竟是哪位老师教的？当然，苏先生不止一位老师。不过，可以确定的是，其中有一位功不可没，那就是南北朝时期的地理学大师郦道元。

这个从苏轼自己的诗句中就可找到证据——"嗟我乐何深，《水经》亦屡读。"这句诗交代了一个事实，苏轼很喜欢读《水经注》，而且不止一次地读过，这肯定对他产生了不可磨灭的影响。所以，说"大江东去"等文学诗篇跟《水经注》这部讲述河流水道的地理学著作有关，并不为过。

苏轼的文学导师之一，也就是《水经注》的作者郦道元，其实并非文艺青年，自然也没把文学和情怀当成自己的人生目标。他一生的事业，主要是在政府部门做行政工作，只不过他对地理很感兴趣，工作之余偶尔"码码字"，写写《水经注》罢了。

然而，让人意想不到的是，这位地理学专家在文学上也是霸气侧漏，其实力哪怕再低调都无法阻挡，不仅苏轼这样的一流文艺青年膜拜他，他在山水景物的写作方面，还盖了山水诗文大家柳宗元的帽。

瞧瞧明末著名文学大家，《陶庵梦忆》《西湖梦寻》的作者张岱是怎么评论他的文笔的："古人记山水，太上郦道元，其次柳宗元，近时则袁中郎。"这真是让人大跌眼镜。写了"永州八记"这样优美的山水文章的大师柳宗元，居然屈居在地理学者、水道专家郦道元之下。

这算不算委屈？这个真不好下定论，但张岱敢于将郦道元摆到柳宗元上头，说明郦先生在文学上还是有两把刷子的。这并非张岱胆子大，而是《水经注》的魅力实在不可小觑。

那么，郦道元到底是怎样一个人？《水经注》又是怎么引起世人关注的呢？

说起郦道元，大多数人的第一印象肯定不是文学家，确实，他一直以来也并非以文学家名世。

郦道元是北魏人，曾在孝文帝手下担任尚书郎，后来官职越来越高，甚至当到东荆州刺史、河南尹。郦道元当时给人留下的印象，不是什么《水经注》的作者，也不是他的地理学和文艺素质，大家对他最深的印象，是这人有点严厉，治理地方很生猛，有些让人受不了。在荆州的时候，甚至有人向洛阳报告说，郦大人太凶悍了，还是让他回首都洛阳吧。

后来关中发生叛乱，朝廷命郦道元前往监督，不想遭到暗算，在阴盘驿亭被敌人包围。郦道元和手下没水喝，于是掘井求水。郦先生虽然亲手写过一千多条河流的来龙去脉，是世界上最会写水的大家，可在这里却始终挖不出水来。没有水，战斗力大受影响，结果郦道元被害。据说被害的时候他毫无惧色，怒声斥敌。郦道元死后没多久，被葬回了洛阳。

郦道元的故事，到这里似乎就结束了。

　　不过，郦道元虽然死了，他还有著作传世，就在洛阳的皇家图书馆里，可当时也没什么人注意他的科学大作。大家只是把他当成一个死难的英雄而已，至于地理方面的著作什么的，并不广为人知。

　　又过了几十年，洛阳城里一把大火，图书馆没了，很多书也化为了灰烬。

　　郦道元的故事，在这里又可能是一个终结点。

　　然而，隋朝来了，天下统一了，在长安皇家图书馆的书架上，赫然陈列着一本巨著，那就是郦道元的《水经注》。经历了洛阳那场大火，经历了北方齐和周的混战，经历了天下一统的风云，《水经注》居然没有消失。书本里那些纵横流淌的河川，还是没有断流，它们从郦道元的文笔下发源，一直在澎湃着、激荡着，这是中华民族的福气。

　　隋朝化成烟云，唐朝建立，《水经注》又扛过战乱，进入了唐玄宗的视界，被记入了国家大典——《唐六典》。

　　唐朝以后，人们才发现这部书居然写得这么美、这么炫，堪称天下最美的地理书，没有之一。

　　于是，各路人马纷纷寻觅它，整理它。在北宋，它成为苏轼文学创作的范本；在明朝，有人做了一本《水经注笺》，清朝的学者居然这样点赞——"三百年来一部书"。就是说整个明朝三百年，就这部书最好，这让《水浒传》《三国演义》这样的名著情何以堪！

当然，这话有点夸张，或者说是从学术研究的角度而言的，但这也说明了学者们对《水经注》确有真爱。有清一代，当时重量级的大人物全祖望、戴震等学界"大 V"都是《水经注》的忠实"粉丝"。

戴震还借进入宫廷修纂《四库全书》的机会，重新校订了《水经注》，结果把乾隆皇帝也发展成了《水经注》的"粉丝"，老头子对此书也是大加赞赏。唐以来的文艺人士太崇拜郦道元了，于是产生了一门独立的学问——郦学。

《水经注》顾名思义是"注解"的文字，注解的对象当然是《水经》。三国时期，不知何方神圣写了一本薄薄的《水经》，全书不过八千多字。这本书到了郦道元手里，他可能觉得写得这么简单，对不起良心，对不起读者，于是决心给它作注。说是作注，其实郦道元已经是重新创作了，不只新添了很多文字，还加了很多河流，例如黄河上游的一条小支流，《水经》只写了十二个字，到了郦先生这里，居然加到一千八百多字。

于是，线条简单粗糙的《水经》变成了线条细密而错杂丰富的《水经注》，八千多字变成了三十多万字。而且，郦先生绝对不只是充当了一个简单的"码字工"而已，他加了那么多字，发了那么多"跟帖"，每一行字、每一个片段，都闪耀着绚丽夺目的文学之美。

例如我们熟悉的《三峡》这样写道："春冬之时，则素湍绿潭，回清倒影。绝巘多生怪柏，悬泉瀑布，飞漱其间，清荣峻茂，良多趣味。"是不是有点《与朱元思书》（或《与宋元思书》）的清丽味道？

"有时朝发白帝，暮到江陵，其间千二百里，虽乘奔御风，不以疾也。"看到这里终于明白，原来李白的"朝辞白帝彩云间，千里江陵一日还"是取法于此。这还没完，接下来的"两岸猿声啼不住"，也有着"每至晴初霜旦，林寒涧肃，常有高猿长啸"的影子呢。

再如第三十一章写喀斯特地貌，"山下有石门，夹鄣层峻，岩高皆数百许仞。入石门，又得钟乳穴，穴上素崖壁立，非人迹所及。穴中多钟乳，凝膏下垂，望齐冰雪，微津细液，滴沥不断……"险峻的山崖，幽深的洞穴，如霜似雪的钟乳石，滴滴答答常年不绝的水滴，生动细致，让人有如身临其境。在这里，我们是不是也看到了苏轼笔下的《石钟山记》？

再如第二十六章："桂笋寻波，轻林委浪。琴歌既洽，欢情亦畅……"桂树做的船桨在划动，树林轻拂着水面，弹琴奏乐，心情舒畅，不只是优美画面，还有清新的小情调，水与人快乐互动。河流水道"说明文"不只有画面，还能有情调，作者算不算史上最有情怀的地理老师？

《水经注》里这么美的画面俯拾皆是、举不胜举，不是亲自阅读，实在难以领略其中美好。

一部河流水道著作，之所以能写成文学名著，除了郦道元本身的文学素养，也和山水本身的特质有关。地球上的山山水水，不只是地质现象，本身就有美学元素，蕴含着人们的审美需求，自然容易成为文学表现的对象。中国古代涌现那么多优美的山水文章，可以说就是地质地貌本身之美的一种集中释放。想要文学素养好，能写一手

妙笔生花密码

中国古代涌现那么多优美的山水文章，可以说就是地质地貌本身之美的一种集中释放。想要文学素养好，能写一手好文章，或提升人文素养，去山水之中走一走，观察观察，绝对是不可或缺的。

好文章，或提升人文素养，去山水之中走一走，观察观察，绝

对是不可或缺的。

名作体验阅读
MINGZUO TIYAN YUEDU

【北魏】郦道元，《水经注·三峡》

厉害的文案，一定要有伪装色

公主非常生气，把它提了起来，用力朝墙上摔去，说："你这个讨厌的青蛙，请你安静些吧！"

但是当它落下来的时候，它不是一只青蛙，而是一个王子，长着一双又美丽又和善的眼睛。按照国王的意志，他现在是公主亲爱的伙伴和丈夫了。他向她说，他曾经被一个恶毒的巫婆施了魔术，除了公主，没人能把他从水井里救出来。

——《青蛙王子或铁亨利》，格林兄弟

要说庄子跟体育运动有什么关系，尤其是跟击剑这种带有搏击，甚至军事性质的运动有什么关系，怕是八竿子都打不着。然而，《庄子》一书却把牛皮吹大了，说庄子不仅是漆园管理员、哲学老师，还是击剑高手和教练，甚至因此被诸侯聘用，令人匪夷所思。这到底是怎么回事呢？那我们就得好好读一读《庄子》里的"说剑篇"了。

说起庄子跟击剑的渊源，得从赵惠文王说起。《庄子》中说，"赵文王喜剑"。这个赵文王全称是赵惠文王，其实大家对他并不陌生，"完璧归赵""渑池会""将相和"这一系列故事当中的赵王，说的就是他。

作为一方诸侯，赵惠文王还是得分很高的，他手下文武之才济济，如威震秦王的蔺相如，保家卫国的廉颇，出奇制胜击败秦军的赵奢，都是他的臣子。赵国是当时诸侯国中能和秦国抗衡的重要力量，甚至史学界认为当时出现了秦赵争霸的局面。

这么一位诸侯，和庄子是否存在交集呢？先秦时期诸子百家的很多文章，不能当成历史来看，只能当成寓言来看，把道理说清楚就行，至于历史上有没有发生过，那是可以存而不论的，也没必要较真。庄子见过赵惠文王的可能性很低，不过，这两人生活的时期有没有交集呢？

赵惠文王的生活时期是在公元前 308 年至公元前 266 年；而庄子呢，资料有点模糊，大概出生在公元前 369 年，比赵惠文王老了不止一点点。至于其卒年，则有两个说法，一个是公元前 286 年，一个是公元前 275 年。不管哪个正确，都能说明庄子和赵惠文王是可能有交集的。

赵惠文王喜欢击剑，于是办了一个大型"击剑俱乐部"，"剑士夹门而客三千余人"。会员居然多达三千！这个规模确实有点大了，这在当时恐怕是最大的"击剑俱乐部"了，给财政带来的负担可想而知。况且当时强秦对赵国虎视眈眈，赵惠文王居然还有心思沉醉于击剑娱乐。

　　还有一点值得忧虑，就是此项运动在当时已经严重违背人道主义原则，"运动员"参加击剑没有防护措施，很容易出现伤亡事故，而且每年的伤亡率很高。他们"日夜相击于前，死伤者岁百余人"。这种惨无人道的血腥"比赛"，在当时起了十分不好的作用，"诸侯谋之"，其他诸侯国图谋攻打赵国。

　　赵国太子忧心忡忡，于是打出一条广告，重金悬赏，谁能出一个高明的"文案"，劝说赵惠文王不再沉迷于击剑，赏赐"千金"。

　　这时，庄子的人气显示了出来，连太子周围的亲信都是他的"粉丝"，说"庄子当能"。他们异口同声地推荐了庄子。

　　太子听说之后，"乃使人以千金奉庄子"，兴冲冲地发了一个"千金"的红包给庄子，红包外面写了"拜托"二字。就现在观点来看，权当咨询费吧。谁知庄子是最讲情怀而不贪财的，就是不肯赏光点开红包。不过，赵国太子的面子还是要给的。

　　庄子跑去见太子，问："太子何以教周，赐周千金？"没事儿你发我这么大一个红包干吗？

　　太子有点儿沮丧，说，听说庄先生您智商高，点子多，发红包是有求于您，没想到您不接受，我也只能呵呵了，"尚何敢言"？

庄子这时显示了他的情怀和人品，很直率地说：您要我拿出一个说服大王放弃击剑的"文案"，如果不成功，您的红包我也没命拿。如果成功，我要的也不是这么一个区区红包，你们也不敢不答应，所以，您还是先收回红包吧。

✏️

庄子既然答应了，自当先打入"击剑俱乐部"才行。

太子很疑惑地打量庄子，说：庄先生，您这身打扮也太斯文了吧，恐怕会被我父王的保安挡在门外。

庄子问：那击剑运动员是怎样打扮的？

接下来从太子口中透露出一些很重要的史料，即战国时期的剑客是怎样打扮的。

首先，他们的头发很新潮，乱蓬蓬的不受拘束，而且鬓毛向外突出。"蓬头突鬓"，多少有点"绿巨人"的感觉。此外，他们还很酷，很有神秘感，帽子厚重，上垂下来的带子也很粗大。至于运动制服，应该是一身短打，尤其衣服后面是短幅。而且有职业神态，"瞋目而语难"，眼睛有事没事老是瞪着，讲话也不太流畅，不知道是不是"变形金刚"那种浑厚的机械声。

太子的言下之意是，庄先生您这么一副斯文装扮，能让大王相信您是剑客吗？

庄子二话没说，回去就搞了一个"形象设计"，估计请了一个团队，足足捯饬了三天，然后去见太子。太子对他的形象很满意，于是前去求见赵惠文王。

庄子不是以哲学家、学者的身份去见赵惠文王的，而是直接以"击剑运动员"的身份去"俱乐部"参加活动的。

庄子一定对击剑有过研究，甚至参加过类似的活动，否则，他不会那么信心满满地走进赵惠文王的宫殿，而且傲得很，连下拜都不用。更令人叫绝的是，一位哲学先生，经过"形象设计"后，居然让赵惠文王相信他真的是"击剑专家"。想象一下庄子头发蓬松，鬓角突出，鼓着眼睛的模样，画面实在有意思。

是不是内行，一问便知。赵惠文王和庄子一照面，劈头就问："子之剑何能禁制？"你的剑是怎样实施防守的？

庄子大概用浑厚粗犷的"机械声"作答，这句回答可谓震烁千古："臣之剑十步一人，千里不留行。"我的剑法不能用招数来衡量，得用距离来衡量，十步之内能击毙一个对手，按照这个节奏走上一千里，没人能挡得住我。

千年后的李白，觉得这句话很过瘾，很能塑造自己的英雄形象，于是直接捡过来，写在了诗里："十步杀一人，千里不留行。"又过了一千多年，武侠小说家金庸也将其化用在小说里，书名就叫《侠客行》。

赵惠文王被深深地震慑了，立刻点了一个赞——"天下无敌"。

接下来，为了欢迎"击剑专家"的到来，赵惠文王郑重其事地举行了一次击剑"淘汰赛"，大张旗鼓进行了一个星期，在伤亡了六十多名选手之后，选拔出五六位佼佼者，等着和庄子比试。

庄子也不退缩，还真的一大早来到"击剑俱乐部"，穿着运动服，面对五六个顶尖高手，大无畏地说了一句："望之久矣！"什么意思？就是说，这一天，我等了很久了。

接下来，该进入比赛阶段了吧？

正当裁判吹起哨子宣布比赛开始时，庄子却做了个暂停的手势，挑刺儿说比赛器具有问题，要用自己的剑。赵惠文王问他带了什么剑。

于是，庄子巧妙地将"击剑职业赛"变成了"管

妙笔生花密码

厉害的文案，一定要有伪装色，不然对方一见就会拒绝。得暂时投其所好，将自己打扮成对方能接受的样子

理学讲座"。

庄子打开课件，里面显示三把剑：天子剑、诸侯剑、庶人剑。

接下来分析三把剑的构成和用途。

天子剑：以石城山为剑锋，以泰山为剑刃，要以中原大地和滔滔渤海为剑匣。

天子剑的功能：臣服天下，指挥诸侯。

第一节课件讲完，赵惠文王毕竟素质不一般，立刻听懂了，"芒然自失"，有点儿不好意思。

庄子接着分析诸侯剑。

诸侯剑：以勇士为剑锋，以廉洁之士为剑刃，以贤良之士为剑匣。

诸侯剑的功能：四封之内，无不宾服。

诸侯剑没天子剑那么高大上，能量也低了一个层次。

庄子的套路够深，赵惠文王被一步步"套"进去，当然，是善意的套路，有益而无害。庄子接着展示庶人之剑。

庶人之剑的构成部件庄子没有说明，其实不用说明，大伙都知道，无非是铜锡合金，也就是当时常用的青铜。

庶人之剑的功能：打架斗殴，伤人性命。"一旦命已绝矣，无所用于国事。"死了拉倒，一点儿意义都没有。

课件讲解完，赵惠文王也明白了庄子的用意，不好意思了半天，悄悄解散了"击剑俱乐部"，重新回到治国理政的正常轨道。

庄子推"文案"的高明之处在于：想要说服对方，就得暂时投其所好，将自己打扮成对方能接受的样子，然后就对方感兴趣的话题做一步步分析，慢慢转移话题乃至主题，列出正反面观点以使对方醒悟。

厉害的文案，一定要有伪装色，不然对方一见就会拒绝。

当然，庄子不让赵惠文王玩击剑，不是说击剑不能玩，而是每个人各有所长，应各司其职，大家应该干各自该干的事。

名作体验阅读
MINGZUO TIYAN YUEDU

【战国】庄周，《庄子·说剑》

好的创作，有时拼的是人格

瓦拉纳西 / 我为什么又回来 / 上次在早晨 / 匆匆离去 / 因
你将生命与灰尘看齐 / 我的胃咀嚼了七天的痛 / 虚弱而无奈 /
前路需要一盏灯 / 你将尘世掀开 / 让我体量接近真相的绝望 /
终于 / 我带着歌轻盈地回来 / 世界以痛吻我 / 要我报之以歌

——《世界以痛吻我，要我报之以歌》，泰戈尔

　　壮美的山水，精美的建筑，历来就是文人们的宠儿，他们常常争着去描述，争着去歌颂。杜甫笔下的锦官城，李白笔下的庐山瀑布，苏轼笔下的西湖烟雨，李清照笔下的溪亭日暮……好的风景成就好的文笔，好的文笔传播好的风景。

　　然而，文学创作的世界里到处都有波折和困难。在成为伟大文学家的道路上，没有谁始终是一帆风顺的。有时候，上天偏偏不给你安排好山好水，也不给你安排好吃好住，硬是把你塞进一间陋室里，还不给你好脸色，此时，你还能写出美文吗？

　　答案当然是可以！唐代的刘禹锡就是这么一个厉害的人物。

刘禹锡的一篇文章可以说太有名了。如果做一个测试，在唐代的文章里精选名句，甚至在古代文章里精选名句，"山不在高，有仙则名；水不在深，有龙则灵"绝对是很多人不假思索，脑子里直接就冒出来的。

为什么？因为《陋室铭》里的这几句话凝聚了至正的道理和巨大的自信：不是高山也无所谓，只要山上住着神仙；不是深水也不打紧，只要里面有蛟龙。客观环境的简陋，并不妨碍我们的自由和豪情，活脱脱一种逍遥旷达无处不自在的精神风貌。

刘禹锡为什么可以这么厉害，短短不足一百字的文章，便把一处陋室写出了"高大上"的感觉？首先自然是人格的力量——读万卷书培养出来的高尚人格，经历多少年风云历练出来的高尚人格。写作，很多时候拼的就是人格。

写《陋室铭》的时候，刘禹锡五十出头，这在古代已经算是老人了。刘禹锡是个不怎么服输的人，尤其不喜欢在强权面前低头，甚至还跟那些迫害他的人开玩笑，因此遭遇了一次又一次的贬谪，总是在偏远落后的地方工作。这次被贬和州，大约他早已没了最初那种晴天霹雳似的感觉。

刘禹锡这人的特点，除了有才、有魄力，还有一点就是乐观。其实，写文章，也是人格的展露，一篇好的有影响力的文章，往往需要有人格的内在加持。

刘禹锡在政治上主张革新。革新因权贵阻挠而失败后，他被贬官，十年后才被朝廷"以恩召还"，回到长安。这年春天，他去京郊玄都观赏桃花，"调皮"地写下了这样的诗句："玄都观里桃千树，尽是刘郎去后栽。"这是一首讽刺诗，刘禹锡在作品里把玄都观的千株桃树比作朝廷中的新贵，表示他们都是自己离开朝廷后才爬上高位的政治暴发户，作品一起笔便暗示了新贵声势显赫、满朝趋奉的情景。

刘禹锡实在太不懂得明哲保身了，这首写桃花的诗让他的政敌很不高兴。他们说刘禹锡啊刘禹锡，看来你吃亏吃得还不够大，那我们就再给你来点厉害的。结果刘禹锡二度被贬。过了若干年，刘禹锡又回来了，他还是一点儿也不收敛，又调皮地写了这样几句诗："种桃道士归何处，前度刘郎今又来。"意思是，我刘某今天又来看桃花了，怎么样？

受尽波折，仍笑对人生，因此《陋室铭》里透露出来的乐观、大气，都不是为写文章而装出来的，而是刘郎一贯就有的。

刘禹锡写《陋室铭》的地方，是安徽和州。他在文章中写得似乎云淡风轻，每日"调素琴，阅金经"，"无案牍之劳形"。实际上，他在和州有大量的事情要处理。他刚来和州时，看到了很多触目惊心的场景，他曾在诗歌里这样描述："比屋惸嫠辈，连年水旱并。"也就是说，这里水旱灾害接连发生，破旧的房屋里住着很多孤苦无告的人。这当然触动了刘禹锡，激发了他的同情心和使命感。因此，刘禹锡在写《陋室铭》那段时间里，不是说每天就只待在屋子里弹弹琴、读读书，什么正事也不干，其实他一直忙于救灾，并且多次上书，希望能减免当地租税。

就此事而言，刘禹锡确实人格高尚，值得尊重。写一篇富于"正能量"的文章，很多时候不只是拼文采，拼修辞，更重要的是人格修养。有历练，有磨砺，有人品，这才能让自己的文章更有说服力，更能感动人，更能让人肃然起敬。人格修养不够，历练功夫不到，好文章很难写得出来。

✏️

"山不在高，有仙则名；水不在深，有龙则灵"，这十六个字说明客观限制与内在崇高之间其实并不存在矛盾。按照中国古代的说法，神仙都住在高山里的白云深处；而呼风唤雨的龙，则生在大江大河之中。刘禹锡之所以有反其道而行之的感悟，是他和朋友的经历使然。

和刘禹锡同时代的柳宗元、韩愈等名士都曾有过被贬的经历。柳宗元从长安被贬到永州、柳州，韩愈从长安被贬到潮州，刘禹锡本人也从长安被贬到连州、和州。然而，他们的赤诚之心始终未变。柳宗元一点都不消沉，他关心百姓，施行善政，对老百姓的恩德遍布永州和柳州；韩愈干得也很好，当地百姓甚至决定用他的名字命名一条江，以此来纪念他，那就是韩江。

除了政绩，他们都还在被贬之地留下了足够彪炳史册的文字。刘禹锡除了是一名官员，还是一位不错的音乐人。他结合当地人的民歌，创作了很多别开生面的诗歌，如"东边日出西边雨，道是无晴却有晴"，成就了中国文学史上的佳话。再如柳宗元的"永州山水游记"，也是中国文学史上有名的篇章。虽然离开了"高山"，离开了"大海"，可他们照样风流天下，是了不起的人物。这不正好说明，山的高度，水的深度，和"仙"与"龙"没什么太直接的关系吗？

自己的经历，朋友的经历，让刘禹锡明白：有使命感的人，不管在哪里，都可以成就一番事业，他们始终属于人格高尚的那一群。因此"山不在高，有仙则名；水不在深，有龙则灵"。这话说来容易，却是以大唐一群最优秀的人的落寞为代价换来的。

妙笔生花密码

好的文章不是以描述困难波折为使命的，而是以超越困难波折为使命的。人们关注的，不只是你的倾诉，更是你的超越。

刘禹锡的经历告诉我们，好文章里的一两句话，有时可能需要用几十年的人生积淀，从几代人的经历当中加以提炼。但是那么多感悟，那么丰富的素材，写出来可能洋洋洒洒，三天三夜都写不完。怎样才能加以浓缩和表达呢？那就要善于剪裁。

《陋室铭》一文，字数少之又少，朗诵的话，估计不到一分钟。在这极其有限的篇幅内，要表达深厚凝练的内容，不是剪裁高手是做不到的。刘禹锡是经历过苦难的，但他在文章里并没有对自己的苦难详加描述，只通过一个词语透露出来，那就是"陋室"。接下来，他笔锋一转，强调一个人内在修养的重要性："惟吾德馨"。接着，我们所感受到的就都是生活里的诗情画意了："苔痕上阶绿，草色入帘青。谈笑有鸿儒，往来无白丁……可以调素琴，阅金经。无丝竹之乱耳，无案牍之劳形。"瞧瞧咱，有音乐，有阅读，不加班，多好的生活，一般人只有羡慕的份。

刘禹锡经历过太多波折，但他展现在人们面前的始终是自己愉悦、乐观的一面。好的文章不是以描述困难波折为使命的，而是以超越困难波折为使命的。人们关注的，不只是你的倾诉，更是你的超越。所以，剪裁是少不了的。

另外，还有一点对我们的创作很有启发。古人写文章，喜欢引用，这不是缺点，而是提升文章"格调"的重要方法。刘禹锡写《陋室铭》，换一种角度看其实就是"穷乐呵"，可如果仅仅停留在这个层次，那境界就实在太低了。不着急，刘禹锡调动已有的知识，从"陋室"这个关键词出发，立即链接到扬雄的子云亭，诸葛亮的草庐。再进一步搜索，居然搜索到孔子的"何陋之有"。有扬雄、诸葛亮和孔子"撑腰"，《陋室铭》的格调顿时上了几个台阶，这就是文化资源的力量。我们写文章的时候，可千万别让这些资源闲着。🌰

名作体验阅读
MINGZUO TIYAN YUEDU

【唐】刘禹锡，《陋室铭》

有趣的故事里，小道具往往很有戏

凡是跟故事没有关联的东西，全都应该毫不留情地去掉。如果你在第一章里说，墙上挂着一把枪，那么在第二章或者第三章里，它就应该发射。如果没人去用它，那么它就不必挂在墙上。

——《契诃夫二三事》，谢·尼·休金

《三国演义》里有句名言，"人中吕布，马中赤兔"，既谈到人，也谈到了马。

其实，《三国演义》里，马和人相得益彰，谁也离不开谁。这不仅是说人得了好马，格外精神，丰神俊逸，而且马还常常作为小说的重要线索存在，关系到很多重要人物的命运。作者的笔借由它们，驰骋出一大片精彩的章节。马的历史，也是人的历史，政治的历史，军事的历史。

先说赤兔马。

我们都知道，赤兔马速度惊人，日行千里。

谁骑过赤兔马呢？有两位大英雄，一个是吕布，一个是关羽。

一部"赤兔马演义"，就是半部《三国演义》。

赤兔马登场的时候，"三国"连影儿都没有呢，那时是东汉末年。与它有关的人物，都是东汉人物——董卓、丁原、吕布等；与它有关的大事，也都是汉末的大事——董卓进京，吕布杀丁原，群雄起兵共讨董卓，三英大战虎牢关。

那时的赤兔马，还是一匹东汉的马。而这段时间内最精彩的戏，就靠它来撑场面，这场戏的发生地正是虎牢关。这出戏，天下群雄都成了"打酱油"的配角，吕布、刘关张和赤兔马才是罩着光环的主角。没有这四个人，没有这一匹马，群雄共讨董卓的戏还真精彩不起来，东汉末年的演义也精彩不起来。而且，这里还埋下一条重要线索：赤兔马和它的第二任主人关羽，在战场上相见了。

赤兔马载着吕布，从《三国演义》第三回开始起跑，一路跑到第十九回，跑过了大半部东汉末年史。吕布在白门楼被曹操俘虏，然后殒命，赤兔马退居幕后。

赤兔马的使命完成了吗？就真实的历史而言，应该是完结了，吕布死后，史书上不再有赤兔马的记载。然而，《三国演义》毕竟是文学作品，一部这么长的小说，线索不能丢，因此，罗贯中虽然让赤兔马一时退场，但心里还始终惦记着它。历史上的赤兔马消失了，小说里的赤兔马却还奔跑在路上，准备迎接一段新的历史。

又过了六回，等大家把它忘得差不多的时候，《三国演义》第二十五回，赤兔马又跑了出来。这一回，曹操把它送给了关羽，而之前董卓曾把它送给过吕布。这两次赠送，跨越了一大段历史，赤兔马也由东汉之马变成了三国之马。围绕在它身边的重要人物，成了曹操、关羽、刘备、张飞、诸葛亮，围绕在它周边的重大事件有关羽诛颜良、杀文丑，过五关斩六将，战长沙，走麦城……赤兔马这一次长距离奔跑，从《三国演义》的第二十五回跑到了第七十六回，占了全书六成以上的篇幅。

一匹马，两个英雄，担起了两段风云激荡的历史。

进行文学创作的时候，好的作者从不浪费每一条线索。当然，如果这个事物不能成为线索，也绝不浪费过多笔墨。所以，当赤兔马第一次出现的时候，我们有理由相信，作者已经胸有成竹，赤兔马将会是他布局谋篇的重要元素。当然，尤其让人惊讶的是，作者在布局谋篇时居然能够想得那么远。

《三国演义》里还有一匹马，名叫的卢。

和赤兔马一样，的卢马也是千里马，只不过不太招人待见。因为按照书中的"人设"，它不吉利，妨主，谁骑谁倒霉。

历史上关于的卢马的记载，零零碎碎，无头无尾，在历史的天空中一闪而过。然而，这样的材料到了文学家手里，绝不会浪费，即便是转瞬即逝的光芒，也要把它渲染成美丽的风景。

在史书里，刘备的的卢马只是在檀溪简简单单地亮了一下身姿，罗贯中却没有就此止步，而是"补全"了它的来龙去脉，就像写小说中的一个完整"人物"。

的卢马的主人原是张武，后来赵云将它从张武手里夺过来，送给了刘备。刘备本想将它送给刘表，谁知刘表嫌它不祥，直接给退了回来。

此马的第一个作用，是彰显刘备的美德——既然别人都觉得它不祥，干脆就自己来用。刘备骑着的卢马，遇见名士伊籍，伊籍劝刘备不要骑此马。刘备却说"死生有命，岂马所能妨哉"，拒绝将马转赠给别人。

围绕一匹马，刘表的猜忌和小气，刘备的仁慈和大度，都充分凸显出来。所以，的卢马的作用岂止是坐骑那么简单，更成为测验人品、塑造人物的"神马"。

高明的文学家不会轻易放过每一则材料，总是尽量深挖，努力提升，使之成为作品中的神来之笔，的卢马就起到了这样的作用。

明代著名文学批评家毛宗岗对这一系列情节做了精彩的总结："至于张武丧马，赵云夺马，刘备送马，刘表还马，蒯越相马，伊籍谏马，种种波澜，无不层折入妙。"史上的一点碎片，被连缀成一个完整的故事，牵出一系列的人物，手法确实高妙，难怪毛宗岗要感叹"此文中佳境"。

除了通过对比，凸显刘备的人品，的卢马还帮刘备做过几件大事。

首先至为重要的一件，当然是救下刘备的命。刘备被蔡瑁追杀，来至檀溪，深陷绝境，将有杀身之祸。突然，的卢马四蹄飞腾，竟然跃过檀溪，驮着刘备一路脱离了险境。

"马跃檀溪"这事史书上确有记载，但没有后续，然而在小说《三国演义》里，这仅仅是一个开端，后面还有一大段故事等待展开。的卢马在作者的驱使下，带着刘备，为《三国演义》

开启了下一段异常重要的情节。所以，"马跃檀溪"是有转折意义的事件。

的卢马驮着刘备来到了水镜先生隐居的庄园。

水镜先生问："刘皇叔，为什么你会这么狼狈呢？"

刘备说："我有猛将良臣，可就是打不赢曹操，为什么？"

水镜先生说："因为你缺少厉害的谋士。"

然后，水镜先生提到了当世最为重要的两位谋士——"卧龙凤雏"。

就这样，诸葛亮间接登场了。这一切都是的卢马驮着刘备引出来的。

的卢马跃过檀溪，标志着刘备越过了人生的一道坎，他的人生将由此拓展出全新的局面。

从刘表到水镜先生，再到诸葛亮，在这当中，的卢马一刻也没闲着。

接下来，在长坂坡和赤壁之役中，的卢马不见了，这时"出镜率"较高的是关羽的坐骑赤兔马。这两匹神骏交错出现，让人百读不厌。

妙笔生花密码

高明的文学家不会轻易放过每一则材料，总是尽量深挖，努力提升，使之成为作品中的神来之笔。

　　就跟作者从没忘记过赤兔马一样，作者也始终没有忘记的卢马，它还另有使命等待完成。果然，过了一段时间，的卢马又站到了舞台中央。

　　赤壁之战三年后，刘备入蜀。在与刘璋的争战中，刘备一片好意，将的卢马让给庞统率军攻城，结果在落凤坡这个地方，庞统被乱箭射死。的卢马的使命也终止在这里。

　　庞统确实死于流矢，但他的死是不是因为的卢马，史籍没有记载。其实这个有没记载并不重要，重要的是《三国演义》前面有一个伏笔必须得到照应，那就是伊籍对刘备说的"此马妨主"。最终一定要有人兑现此事，而且必是赫赫有名的人物。所以，作者在终结"凤雏"庞统的同时，也终结了的卢马。

　　在伟大的作品里，预言式的设定往往一定会成真。书中人物说过的话，总要有个回应，如果后文没有回应，那就没有必要提及。于是，有关的卢马的预言在庞统这里应验了。

　　其实，有心的读者心里一定悬着一块石头，的卢马妨主这个"魔咒"，会始终笼罩在他们心里。当这个"魔咒"没在刘备身上应验时，你会松一口气，但同时也会期待，不知道谁的命最终要随的卢马一起葬送。故事发展到庞统死于落凤坡，读者心里悬着的那块石头终于落了地。

的卢马驮着刘备，跃过檀溪，走过荆州，来到西川，完成了使命。沿着它一生的轨迹，作者清晰地勾勒了蜀汉集团发展的轮廓。刘备的"创业史"再怎么复杂，蜀国的发展再怎么波折，一旦和这匹马的命运联系起来，就非常清楚了。

在《三国演义》里，马的命运与人的命运始终相连，马似乎也成了小说的主角之一。通过它们的串联，作者做到了化繁为简，化抽象为生动，使小说结构更加清晰，人物性格更加鲜明。赤兔马和的卢马果然不是简单的马。

名作体验阅读
MINGZUO TIYAN YUEDU

【元末明初】罗贯中，《三国演义》第三十五回
玄德南漳逢隐沦　单福新野遇英主

有格局的创作，情感落点都很奇

"那是什么？"她问一名侍者，指着那条大鱼的长长的脊骨。它如今仅仅是垃圾，只等潮水来把它带走了。

"Tiburon，"侍者说，"Eshark。"他打算解释这事情的经过。

"我不知道鲨鱼有这样漂亮的尾巴，形状这样美观。"

"我也不知道。"她的男伴说。

在大路另一头老人的窝棚里，他又睡着了。他依旧脸朝下躺着，孩子坐在他身边，守着他。老人正梦见狮子。

——《老人与海》，欧内斯特·海明威

　　阅读古代经典作品的时候，我们会发现一个有趣的现象：关于建筑物的名篇佳作，不管是诗歌还是散文，对建筑物进行直接描写的往往很少。

　　例如《岳阳楼记》，主要是写岳阳楼周边的景色，登楼的心情和感受。例如《醉翁亭记》，写来写去，主要也是写亭子周边的景色，至于亭子具体什么样，只有这么一句"有亭翼然临于泉上者"，此外就没别的什么交代了。再如《滕王阁序》，虽然也涉及滕王阁的建筑样貌，但全篇最出色的部分却是对滕王阁周边景色的描写——"秋水共长天一色，落霞与孤鹜齐飞"。

　　照这样看来，古人写亭台楼阁，写的不是建筑，而是情怀。

情怀又如何表达呢？倒不在楼，却在楼之外。也就是说，写一座楼，写实固然重要，但更重要的却是写虚。

对此我们可以仔细研究一下唐朝著名诗人崔颢的诗篇《黄鹤楼》。崔颢的《黄鹤楼》是举世公认的名篇佳作，传说李白登临黄鹤楼看到他的诗都自叹弗如——"眼前有景道不得，崔颢题诗在上头。"当然，崔颢的诗绝不是靠李白"推荐"才流传千古的。他的《黄鹤楼》之所以成功，主要还是这首诗的写作手法确实高妙。这当中既包括行文结构，也包括立意布局，我们且从创作的角度仔细研究一下。

按照常规，写一座建筑物，应该写它的高度宽度、建筑样式、组成部分……也就是说建筑本体。然而，崔颢没有以这种方式来写黄鹤楼。他直接从建筑本体跳开，着眼于建筑的功能。

亭台楼阁是用来做什么的？当然是登高远眺。黄鹤楼的建筑功能也不例外，除了让人欣赏楼体本身，还可借其眺望远方，此即所谓登临。

崔颢抓住这一点，就从登临远望起笔。

先从哪个角度远望呢？这其实很有讲究。李白是先望天，"危楼高百尺，手可摘星辰"，高高的大楼，直耸入云，伸手就能接触到星辰。崔颢却没选这个角度，他没从空间着手，却从时间着手。从时间上如何远望？不妨就从古代传说谈起——"昔人已乘黄鹤去，此地空余黄鹤楼。"所谓"昔人"，一说指古代仙人子安，他曾乘一只黄鹤从这里经过，也有说指三国时期的蜀汉大臣费祎，他登仙时曾驾黄鹤在此憩息。不管具体指谁，有神仙在这里的上空"快闪"，一下就将游客的目光从当下转移到了古代，有种穿越千年的感觉。

所谓登临远眺，未必一定要看到眼前发生的事，也可以聚焦于发生在时间维度里的事，而目光的高远也未必要停留在眼前的空间里，也可以借助历史的长河漂流到远方。

黄鹤与仙人那是古代的事，黄鹤楼却是眼前的建筑，崔颢将"时间隧道"里飘过的一幅画面剪下来，和眼前的黄鹤楼拼接在一起，时空顿时开阔了。这或许就是古人常在诗中怀古的原因。怀古可以开阔人的视野，拓展叙事的背景，将诗歌的时空打造得更宏伟。

站在黄鹤楼上，想象着千年前的黄鹤飞跃云端，马上觉得头顶的白云，脚下的建筑，双手抚摸的栏杆，迎风欲飞的檐廊，都格外玄远、神秘。你看那一片片白云都似乎在诉说千载的故事——"黄鹤一去不复返，白云千载空悠悠。"

所以，写景物，写建筑，完全可以将过去的时空与眼前的事物结合起来。这样既有实，也有虚，能给人以更多的想象，从而激活景物本身的历史和文化内涵。

前面提到，亭台楼阁主要是用来登临的，观察者的目光自然不能仅仅停留在楼体本身，而要投射出去。此诗的前几句便将目光投射到了遥远的历史当中，用云中飞翔的黄鹤与仙人进行"脑补"，从而增加了楼台本身的文化内涵和历史沧桑感。

接下来，当然有必要从历史深处将目光收回。"晴川历历汉阳树，芳草萋萋鹦鹉洲"便是对眼前景物的具体描绘。在阳光的照射下，汉阳的树木清晰可见，鹦鹉洲植被丰茂，被生机盎然的绿草覆盖。眼前这幅图景很好地说明了黄鹤楼的景物之盛——可见范围广，能见度也高，楼的周边完全是生机勃勃的样子。

接下来的问题是，转折在哪里？眼前的画面虽然很美，但依然不能停留，文章还得向前发展，必须有升华，有提高。怎么实现这一点呢？这时，作者的情怀就需要得到抒发，或者说必须给这次登楼创设一个情感主题。

所抒的情怀，还需要是当下感受到的。

　　崔颢的目光从汉阳树、鹦鹉洲慢慢向前推移，首先接触到的是落日，再推移，接触到的是落日下烟波浩渺的江面，最后，他的目光落在江水的终端，也就是水平线的那一头。水平线的那一头是什么？对于宦游在外的游子来说，当然是遥远的故乡——"日暮乡关何处是，烟波江上使人愁。"

　　登楼活动所激发的情感主题就是思乡。这实在是一种神奇的关联方式：作者的写作对象是身在其中的黄鹤楼，然而，感情的落脚点却是与黄鹤楼相去甚远，甚至风马牛不相及的乡愁。但望乡、思乡的情怀和登楼活动并不矛盾，因为作者紧紧抓住了建筑物的功能——登高远眺。透过这栋高楼，目光无所不及，可以眺望历史，可以俯瞰风景，当然也可以思念家乡。

　　李白《登金陵凤凰台》这首诗的内在结构也有这个特点。透过金陵凤凰台，可以远眺历史——"吴宫花草埋幽径，晋代衣冠成古丘"，也可以欣赏近景——"三山半落青天外，二水中分白鹭洲"，最终是情感的落脚点——"总为浮云能蔽日，长安不见使人愁"。

　　站在黄鹤楼的这一端，想象着另一端的历史和家乡，黄鹤楼俨然成了一座精神世界的高楼，可以无所不见。所以，崔颢的《黄鹤楼》虽然没有半个字涉及楼本身的建筑特色，却让这座楼在中国文化史上树立了起来。

情感落脚点在远方,触发点却在脚下,崔颢《黄鹤楼》中展示的画面基本都是发散型的,充满延伸感,让人能够从建筑物本身伸展出去,触及历史和远方。尽管我们不知道这座楼的建筑特色到底如何,甚至连它有几层都不知道,但我们知道这座楼能让我们看到什么,能让我们联想到什么,能触动我们的哪些情感,这就够了。

再如王之涣的《登鹳雀楼》,作者登楼却不观楼,写楼却只写落日、黄河——"白日依山尽,黄河入海流。"王之涣同样抓住了楼的功能,将目光投射到别处。看似没写楼,却又处处与楼有关。作者最后想要表达的则是一个哲学主题——"欲穷千里目,更上一层楼。"楼本身如何,反而一点也不重要了。

又如范仲淹的《岳阳楼记》,读完全篇你也不知道这楼究竟什么样,但登临远眺的景色所触

妙笔生花密码

情感落脚点在远方,触发点却在脚下,《黄鹤楼》中展示的画面基本都是发散型的,充满延伸感,让人能够从建筑物本身伸展出去,触及历史和远方。

动的情怀却足够动人——"不以物喜，不以己悲"，"先天下之忧而忧，后天下之乐而乐"。如此一来，岳阳楼一跃从单纯的风景名胜，变成了士人之楼，胸怀天下者之楼。看似没有写楼，其实一直没有离开楼。延伸楼的功能，升华楼的品质，这才是写楼最好的笔法。这样的楼，才会有情怀，才会被后人记住。

写一条河流，我们完全可以写它的灌溉功能，并对此进行延伸——它哺育着人类文明生生不息。只简单地将笔停留在河流本身，就单薄了许多。写一架望远镜，我们可以拓展到星空、宇宙，只简单地写望远镜的部件构成，该是多么枯燥。万物必有其功能，我们写一种事物，完全可以从其功能发散出去，用联想和想象拓展它的意义和内涵，从而将眼光投射得更远。

名作体验阅读
MINGZUO TIYAN YUEDU

【唐】崔颢，《黄鹤楼》

【唐】李白，《登金陵凤凰台》

好的作品里，总有一些角色招人恨

　　潜伏着的臭味由于新鲜的配料而消失殆尽，令人作呕的气味已由花的芳香美化，几乎变得很有趣味，怪哉，腐烂的气味再也闻不出，一丁点儿也闻不出来了。正相反，一种极为轻松的生命芳香似乎从这香水里产生了。

——《香水》，帕特里克·聚斯金德

　　《水浒传》里谁最招人恨？答案肯定是高俅，梁山英雄好汉的最后毁灭，他算是罪魁祸首。

　　王进是他逼走的，虽然没上梁山，却不得不远走他乡。林冲是他逼走的，九死一生。杨志也是他逼走的，曲曲折折，坎坎坷坷，天下几无容身之所。柴进则是被高俅的弟弟高廉逼走的，也算是高俅作威作福的结果。

　　把这些人物的经历简单总结，就会发现一幅《水浒传》的情节推进路线图：原来高俅才是水浒故事发展的第一推动力。作者借着他的所作所为，把整个故事铺展开来，把一个个人物串联了起来。高俅这个幕后黑手招人嫌，可一部伟大的文学作品却少不了他。如果少了他，故事可能不会像现在这么精彩。

我们都知道，高俅是个蹴鞠高手，相当于现代的足球运动员，而水泊梁山就像一个球门，不少英雄好汉仿佛足球一般，将从高俅这里踢出，被送达梁山，但又非一路直达，而是迂回前进，其间事件迭出，历尽曲折，精彩情节一个接着一个。

第一个被高俅踢出去的人物是八十万禁军教头王进。

教头王进，因其父曾打伤过高俅，高俅便怀恨在心，决意报复。王进无奈，只好带着母亲远走他方。看到此时，我们本以为他会前往梁山，可结果呢？王进没上梁山，却选择去了当时的北方边城延安，跟梁山八竿子都打不着。

当然，王进不可能一下子便到延安，他中途在九纹龙史进家里短暂停留了一段时间。这就把故事的接力棒传给了史进。史进呢，虽说反了官府，但也没直接上梁山，而是去了少华山。当然这是后话。史进出逃后直接向北追随王进，但与王进并未相遇，却遇到了鲁达。这样，故事的接力棒又传给了鲁达。鲁达拳打镇关西后，也没往梁山走，而是曲折到了五台山，成了花和尚鲁智深。他接着往东京汴梁走，在大相国寺遇到了八十万禁军教头林冲。

高俅推送出去的这一拨人，开始都没到达梁山，故事线索辗转一番，又回到了东京汴梁，也就是高俅与王进交锋的地方，故事开始的地方。

鲁智深与林冲相识后，林冲被高俅陷害，一路从白虎堂被推送出京，经过野猪林、横海郡，到了沧州草料场。林冲在这里盘桓了一阵，看似安顿下来。结果高俅不死心，再度发力，非要置林冲于死地，于是派陆谦到了沧州。火烧草料场算是一波助攻，或者说临门一脚，曲曲折折，百转千回，林冲总算被送到了他的归宿地：水泊梁山。

故事到这里，已是第十回。高俅发出的那股力，经过王进、史进、鲁智深、林冲，带着我们转了一大圈，东京城、少华山、延安府、五台山、草料场，几乎是来了一圈北方游，兜兜转转，最终到达梁山。林冲上了梁山之后，并不等于这条故事线就此终止了。这时，青面兽杨志出现了。

王伦让林冲下山纳取投名状，遇到了青面兽杨志。杨志因押送花石纲在黄河里翻船，不敢回京赴命，恰逢朝廷恩赦，正欲返回东京，希望继续为朝廷效力。杨志接过林冲传过来的故事线，回到了高俅这里。高俅再次发力，把杨志又踢了出去。也就是说，水浒的故事始终没有离开高俅这个发力点。

杨志上梁山的路线，是一个更大的迂回。他被高俅踢出去之后的人生路线图是：卖刀，杀牛二，充军，遇到梁中书，押运生辰纲。曾经在梁山上逗留过一段时间的杨志，此时和梁山泊的距离越来越远了，怎样才能把他再往梁山上送？

写一个故事，不能离核心元素太远，《水浒传》如果老是离开梁山，怎么能叫《水浒传》呢？别急，此时晁盖登场了，他决心劫取生辰纲。这时已是《水浒传》第十三回了。

晁盖来劫杨志押运的生辰纲，其实从另外一个角度看，就是要取得杨志递来的故事线。尽管杨志和晁盖、吴用等七条好汉是对立的，前者要保护生辰纲，而后者要劫走生辰纲，但从故事情节发展看，晁盖他们却是杨志的"接力讲述人"。他们接过杨志手中的故事线，将继续推动情节朝梁山的方向发展。

晁盖他们劫走生辰纲后，果然去了梁山泊，和高俅踢出去的第一拨人——林冲，会合了。故事又回到了林冲这里。从高俅这里踢出去的几拨人，让梁山开始初具规模。

但经高俅之手推出去的英雄好汉，包括杨志在内，还有一大拨偏离了路线，怎样才能将他们捞回来呢？一部完整的小说，一个完整的故事，前后总要有所照应，一个浓墨重彩写过的人物，当然不能失联。即使他一时被移出了我们的视野，也不等于他就得从此消失。如果不交代一下，不写回来，整个故事就存在漏洞。

关键时刻，还得看高俅。

这时，呼延灼来了。高俅上奏皇帝，希望派遣呼延灼去征讨梁山。施耐庵千方百计要把散落在各地的英雄好汉往梁山聚，这可不是一件容易的事，不能太生硬，要显得自然，还得有故事。高俅派呼延灼去攻打水泊梁山，这就很自然了，也很有戏剧性。

呼延灼到梁山打了几回，铩羽而归，不敢回东京复命，只得投奔青州慕容知府。乍一看，写呼延灼又偏离了梁山故事线，其实不然，且看作者的生花妙笔。他先安排一场事故，然后便引出了新的故事。这场事故就是，呼延灼的马被桃花山的好汉给偷了。于是呼延灼借慕容知府的兵马攻打桃花山。这一打，便把桃花山、二龙山、白虎山的人马和梁山的人马全都连成了一片。而杨志，当时就在二龙山。

施耐庵的笔转来转去，没有忘记杨志等人，更没有偏离梁山泊。

通过高俅派出去的呼延灼，杨志被最终送上了梁山。当然，也把前面提到的鲁智深等人送上了梁山。许多重要人物就此聚在了一起。写到这里，作者还不忘提一句前面的生辰纲以为照应。上了梁山的杨志与晁盖、吴用等人相遇，说起生辰纲一事，不免哈哈大笑。这一笑，故事就有了完美的交代，一个大迂回，就这么完成了。

经高俅之手推送出去的几拨人，每个人的故事线都错综复杂，综合起来更是拐来拐去，左绕右绕，但始终没有离开梁山这条主线。可以想见，作者不多创几种花样，不多设几条路线，故事便不会如此精彩，涉及的人物也不会如此丰富。

高俅这个人物就像一个始发站，几个核心人物都从这里被推送出去，经过几次迂回，构成了规模宏大、结构完整的水浒故事。在军事上，"迂回"是为了包抄消灭敌人，而在《水浒传》里，"迂回"是为了将松散的材料组织成一个整体。想要

妙笔生花密码

写好一个故事，可以先找到故事的重要推动者，然后以此为基础逐渐推进情节发展，勾勒出一条别开生面的故事发展线索。

安排好这个迂回，心中要有大格局才行。

清朝学者金圣叹发现了作者施耐庵的这个大格局，他说："若既以晁盖为一提纲挈领之人，而又不得不先放去一十二回，直至第十三回方与出名，此所谓有全书在胸而后下笔著书者也。"

齐聚梁山好汉的第一个核心人物本来应该是托塔天王晁盖，可作者一点儿都不急，居然在前面漫长的十二回里，连半个字都没提及晁盖。推动故事发展的重大任务，竟然放到了梁山好汉的对立面高俅身上。其实这也很合理，因为没有高俅这股反作用力，英雄好汉们又怎会被逼上梁山呢？

因此，水浒的第一推动力，非高俅莫属，这恐怕也是作者开篇就写高俅的主要原因。从高俅发展到晁盖，是英雄好汉们与水泊梁山逐渐拉近的过程，从而将施耐庵心中的大格局充分延展开来，一幅农民起义的宏大画卷由此拉开序幕。

如果开篇就写晁盖，恐怕很多精彩的大戏就出不来了。鲁智深的故事没法展开，林冲的故事没法铺陈，杨志的故事也没了那么多曲折。线索虽然集中了，故事却没那么精彩了。

因此，写好一个故事，可以先找到故事的重要推动者，然后以此为基础逐渐推进情节发展，勾勒出一条别开生面的故事发展线索。中国古典四大名著，基本都有故事发展的关键推动者，他们很多时候并非主要人物，却是关键人物。

《水浒传》离不开高俅，好汉们由他被推上了梁山；《三国演义》离不开董卓，天下群雄因他被推上了历史舞台；《红楼梦》离不开贾雨村，四大家族的整体面貌因他而浮出水面；《西游记》则离不开各路妖怪，没有他们就没有取经团队的九九八十一难。

那么，你的故事，靠谁推动呢？

名作体验阅读
MINGZUO TIYAN YUEDU

【元末明初】施耐庵，《水浒传》第二回
王教头私走延安府　九纹龙大闹史家村

技击篇

为自己的创作找到更好的句子

文字有功力，需要写出"现场感"

汽笛声中，我仿佛看到一片空旷的田野，匆匆的旅人赶往附近的车站；他走过的小路将在他的心头留下难以磨灭的回忆，因为陌生的环境，不寻常的行止，不久前的交谈，以及在这静谧之夜仍萦绕在他耳畔的异乡灯下的话别，还有回家后即将享受到的温暖，这一切使他心绪激荡。

——《追忆似水年华》，马塞尔·普鲁斯特

　　历史是过去的新闻，新闻是当下的历史，它们的共同点在于记录史实。古代史官，一手执笔，一手抱簿，为朝廷做记录，其实很像记者的工作。记录堆积起来，便成了"实录"。历史讲究的是"实"，新闻讲究的也是"实"。

　　一个时代过去之后，专门有一帮人负责将过往的历史实录重新编辑加工，出版成书供不同读者参阅。这种史官颇类似于我们现代的"编辑"。这些"编辑"当中，有一位可以说相当了不起，他的名字叫司马光，编纂了中国历史上一部了不起的"新闻作品集"——《资治通鉴》。

　　司马光二十岁中进士，为过世的父母守孝一段时间后出来工作，六十八岁去世。他生命中有十五年时间待在洛阳，名义上负责西京御史台，其实干的是"编辑"的活儿——就是从一大堆过去的"新闻材料"中整理出版《资治通鉴》。可以说，在司马光四十多年的工作生涯中，有大约百分之四十的时间在做"编辑"工作。

别以为编辑的工作只是做简单的文字拷贝和剪切，其实编辑人员很多时候需要对文字材料进行重新加工。司马光在对材料做最后的编辑加工前，成立了一个资料整理小组，这个小组由三位"编辑"负责，分别是刘攽、刘恕和范祖禹。三位"编辑"将整理好的资料，足足几千万字，一股脑儿交给司马光，由他在洛阳的"编辑部"中独自整理成书。当然，这些必然要动用相当强大的行政资源来进行，所以要当好一个编辑，选择强大的平台也是很重要的，有些大工程不是你想动手就能成功的。

从事编辑工作的人往往对整理资料之苦大有感慨：写稿固然辛苦，合稿也不轻松。要将几个甚至十几个"记者"的文字合成一篇稿件，而且内容不能重复，线索不能紊乱，说法不能自相矛盾，其实就像将十几个人合成一个人，用一张嘴巴说话，难度还是很大的。尤其面对的资料浩如烟海时，难度就可想而知了。

司马光干的就是这种活儿。不过，日报编辑是将二十四小时之内的新闻报道整合起来，周报编辑是将一个星期之内的新闻报道整合起来，月刊编辑则是将一个月之内的新闻报道整合起来，而司马光却需要将一千三百多年的"新闻报道"整合起来，工作量之巨大，可想而知。

他老人家经手的历史材料确实繁复芜杂，在他之前的"记者"和"编辑"积累了上千年的文字，风格迥异，调性不同，同一件事甚至看上去完全不是一回事。例如汉代司马迁的《史记》，文字汪洋恣肆，极富情感，很有文学家的风范；而《三国志》的作者陈寿，见过阿斗，也和诸葛亮的儿子做过同事，按道理他在"报道"事实方面更有优势，可他偏偏惜字如金，喜欢写短讯，不爱写长篇，文字往往少得可怜，很多人物传记都给不了几个字，像关羽这么了不起的英雄，所给的篇幅也就八九百字，和司马迁的写作风格完全是两码事。

除了文字风格不一致，前人还常常重复"报道"同一件事。例如刘邦、项羽、陈胜、吴广等人的事迹，司马迁有"报道"，班固也有"报道"。再如武艺高强的吕布，范晔有"报道"，陈寿也有"报道"。重复报道浪费笔墨倒不算什么，关键是还有其他麻烦，像《史记》《汉书》《三国志》《晋书》等"权威著作"记录过的事，坊间却有许多相反的说法，要把其中的问题处理清楚，绝不是一件容易的事。

司马光想要对林林总总的"新闻报道"实施无缝衔接，将一件历史事件叙述得浑然一体，首先要有起承转合的文字功夫。当然，这还不是最重要的，最重要的是，一定要有独特的思想，能够对相互矛盾的说法进行取舍，并对事实有经得起推敲的判断。

著名史学家金毓黻先生说，《资治通鉴》"冶于一炉，创为新作"。意思就是说，司马光完全做到了将凌乱芜杂的材料融为一个整体，同时还能再创造，形成新的作品。因此，司马光绝对是一位神话级的"编辑"，即便使用他人已经用过的材料，照样能写出优秀的作品，显示出卓越的写作功力。从这个角度而言，好编辑完全可以是好写手，编辑加工有时也是再创作的绝佳形式。

前面我们提到，中国的史书有类似新闻的一面，因为它们有一些共同点：关注事实，重细节，有现场感（当然，这些也可以说是所有文学创作的共同点）。很多年以后，人们回头读过去的新闻，还是容易被其中的细节和现场感打动。中国的史书，一直有这个优良传统。

比如《左传》中写军队在水上溃退，败兵争相爬上船只。船上的人就用刀砍那些正在攀缘上船的人。这些人惨成什么样子呢？左丘明用了一个"掬"字，说船上被砍断的手指可以一把把地捧起来，现场的惨烈可想而知。这就是细节，就是现场感。

司马光在取舍"新闻材料"的时候，有一个原则，大概就是留取细节，突出现场感。在他眼中，历史或许就是由一个个细节构成的。例如"报道"南朝梁武帝被活活饿死之事，司马光就截取了这么一个细节：梁武帝萧衍临死前必然因为饥渴而上火，导致喉中干涩，于是口中就会发出粗粝的"荷荷"声。加上梁武帝萧衍当时已是一位年近九十岁的老人，司马光的描述无疑直接让我们听到了历史的呼吸。

再如《资治通鉴》第一百九十八卷中，写唐太宗李世民的宽容，司马光突出了这么一个细节：有侍卫失误，触到了李世民的龙袍。侍卫大惊失色，因为在封建社会，皇权是不可冒犯的，哪怕皇帝的身体都不可轻易触碰。而李世民却轻描淡写："此间无御史，吾不汝罪也。"意思是，这里没有监督的人，你放心好了，我不会怪罪你的。这个小细节，很能彰显李世民的性格，胜过千万字的喋喋不休。

可以这么说，整部《资治通鉴》就是由类似这样的细节和现场报道组成的。或者按照现在的流行理念，它是由一段段视频或直播构成的。通读整部《资治通鉴》，很少有枯燥的流水账式记录，很少有板起脸孔的说教，每一段历史都异彩纷呈，每一个人物都栩栩如生。

这种功夫着实不易，对比一下后来的《续资治通鉴》就明白了。《续资治通鉴》的作者毕沅是清朝状元，固然有才，但他编的这部书实在让人没法读下去。为什么？因为缺乏细节，经常有一大堆抽象模糊的文字充斥其间。可见"编辑"也不是那么好当的，哪怕是状元都未必合格。

新闻从业者，内心也许都有这么一根弦：我做过的报道，我编过的新闻，将来能不能进入新闻史？而入选的标准之一就是有没有细节，有没

妙笔生花密码

后人对那些干巴巴的叙述和判断是没有太多兴趣的。其他写作也是如此，你写得不一定要多么深刻，也不一定要面面俱到，但一定要有细节，要有现场感。

有现场感。后人对那些干巴巴的叙述和判断是没有太多兴趣的。其他写作也是如此，你写得不一定要多么深刻，也不一定要面面俱到，但一定要有细节，要有现场感。

有人说《资治通鉴》是权谋诡计的大汇编，这种观点值得商榷。要说对权谋诡计的记录，《史记》比《资治通鉴》一点都不少。司马光可不是什么八卦杂志的"编辑"，他是一位有历史使命感的"编辑"，他的使命就是采编千年以来的"新闻"，有资于治。

诚然，《资治通鉴》本着实录的原则，记载了历史上很多权谋诡计，但司马光并未沉溺在对权谋诡计的宣扬中。他不会将史上那些"黑暗能量"当成真理售卖。《资治通鉴》里的"臣光曰"，其实就是编辑手记或者编者按，司马光希望通过这些长则一千多字，短则几十个字的文字告诉读者，史上的那些"负能量"事件究竟是如何发生的，而这种事如何才能避免，以及更进一步，如何转"危"为"机"，逆转人生。

读史书，不光是知道已有的史实，了解几个故事，更要知道如何趋利避害，有所坚持，有所不为。也就是说，一个负责任的人不光会告诉你发生了什么，还会告诉你该怎样面对，该怎样处理。因此，读通《资治通鉴》，不会让你沉溺在所谓的权谋诡计中黯然神伤，自叹弗如，反而会让你觉得人生当中的难题原来都有解，只是你需要更积极地面对人生。这就是引导的功夫了。在引导方面，司马光那一百多处"臣光曰"是功不可没的。

中国传统的历史观其实向来是积极向上的，认为历史大有可为，重视人的修养对历史发展进程的介入。而一些西方学者则认为历史发展中的"负能量"是无法阻挡和化解的，人再怎么积极努力，也不会有太乐观的结果。因此，读一读《资治通鉴》，还是非常有助于增强社会责任感，树立积极人生观的。当然，每个人的认识都有局限性，司马光的儒家史论也有陈旧的地方，应该一分为二地看待。

名作体验阅读
MINGZUO TIYAN YUEDU

【宋】司马光，《资治通鉴·秦纪三》
李斯之死

有感染力的语言，要实更要虚

到了 11 月那个星期天的凌晨，某种外来的声音冲击着霍尔科姆正常的夜间噪音：郊狼歇斯底里的嚎叫、风滚草的折断声、火车头全速前进或后退时发出的呼啸声。当时，霍尔科姆正沉浸在睡乡之中，谁也没听见四声猎枪的开火声，结果有四个人丧生。

——《冷血》，杜鲁门·卡波特

　　《唐雎不辱使命》这篇文章选自《战国策》。公元前225年，秦国灭掉魏国之后，试图以"易地"为名占领安陵。安陵君派唐雎出使秦国，最终说服秦王，打消了他占领安陵的念头。这篇文章写的就是唐雎完成使命的经过。

　　那么，《唐雎不辱使命》这篇文章的可信度有多大？

　　唐雎凭匹夫之勇震慑不可一世的秦王，要挟其保存安陵君的地盘，这从当时的军事力量对比看，近乎渺茫。细细推想一下，假如所有诸侯都仿效唐雎，那秦王还岂能完成天下一统的大业！然而，这不是我们关注的重点。我们关注的重点是，为什么这篇文章可能吹了牛，却依然能流传千古？

换句话说，从史实层面分析，这篇文章是不大可信的；但从文学角度而言，它又是极其可信的。那么，它在艺术上为什么能如此成功？

✎

都说情节是有套路的，哪怕在经典作品里，这种情况也是存在的。

《唐雎不辱使命》一文中，使者唐雎以匹夫之勇，要挟秦王，凭一句"伏尸二人，流血五步，天下缟素"，然后"挺剑而起"，便把秦王唬得"长跪而谢之"，答应保留安陵君的地盘。

其实，这个套路并不是唐雎第一个玩儿的。在他之前，这样玩的人多了去了。

我们来看看具体案例。

春秋时，齐桓公见鲁庄公，结果居然被鲁国的曹沫用刀架着脖子要挟，被迫退还齐国侵占鲁国的土地。这是历史上第一次有人玩这样的套路。

渑池之会，秦王忽悠赵王奏乐，轮到秦王奏乐时，却耍赖不奏。这还了得，蔺相如不答应了，挽起袖子要和秦王干仗。请注意，蔺相如说的就是要血溅秦王，而有效距离就是"五步之内"。

还有一则大家熟悉的案例，就是那位善于自荐的毛遂。毛遂随平原君去楚国搬救兵，一帮人叽叽歪歪从早上到中午，耗尽口水无数，谈判却没有任何进展。毛遂憋不住了，决定冲上去理论。他的姿势也跟曹沫、蔺相如差不多，拿一柄剑，沿着阶梯走上去，一副要跟楚王单挑的样子。结果楚王妥协了，这简直是"神套路"。

因此，唐雎的手法，在他之前已经有人玩过几票了，而且次次成功。基本动作就是手执利器，在近距离内行事，并且要气势凌厉，威猛异常。

其实，创作内容的重复，也是时代思维方式、行事模式的重复。我们今天看来根本不合逻辑、很难归于事实的描述，在当时可能再真实不过了。只要能被人们接受，它就是可信的。

当然，我们也要分析《唐雎不辱使命》与前面几种情形的不同，有固定模式不等于没有变化。

就挟持诸侯国君而言，与曹沫、蔺相如、毛遂这一系列孤胆英雄相比，唐雎的故事更加丰满，而丰满之处就在于对话，以对话凸显人物的性格。

曹沫劫持齐桓公，蔺相如呵斥秦王，毛遂威胁楚王，占主导地位的都是前者的个性，齐桓公、秦王和楚王似乎都有点弱，一副好欺负的样子。

唐雎这事可不同，唐雎强，秦王也不弱，两强相遇，就看谁能扛得住。你看秦王的气势，一上来就猛轰唐雎，试图从气势上压倒唐雎。他开口就是"天子之怒，伏尸百万，流血千里"，至于唐雎提到的布衣之怒，秦王一声冷笑，你们小百姓能怒到哪里去，无非是脱了帽子、赤脚，用脑袋撞地，还能咋地？

寥寥几句，秦王的气场就出来了，而且他绝对不是吹的，"伏尸百万，流血千里"的情节在他手下已经发生若干次了。

秦王的气场上来了，唐雎怎么跟上去，并且要有压倒性优势？文章的转折就在这里，精彩与否，全在这里显功夫。

既然现世不再有压倒性优势，那就往天上发展。你调动地面优势，我就调动空中优势。唐雎列举专诸、聂政、要离的案例，一则这是三起布衣之怒成功的例子，二则是天象异常：长虹贯日，彗星袭月，苍鹰击殿。无论是成功率，还是气势，都压倒了秦王。

对话双方，其脾气秉性，均得到张扬。那语气，那神态，实在太逼真了。本来在历史上并无依据的事，因为场面描写的逼真、对话的精彩，读者仿佛置身其中。因此，不合逻辑的事，也就被人们普遍接受了。

从文章接受角度而言，受众在乎的往往是艺术的逼真，未必是历史事件的可信。正因如此，一些虚构的历史小说反而能被广大读者所接受。原因无他，不过是故事写得实在太精彩了。再如《三国演义》里的"舌战群儒"，这本是史上未必就有的事，就因为写得惟妙惟肖，最后就被人们当成史实接受了。

先秦两汉的历史典籍，往往将对话放在极其重要的位置，甚至有意忽略其他描写。因为对话很能凸显人物个性，增强戏剧性，而且传达信息非常直接。

《唐雎不辱使命》中，唐雎一路来见秦王，主宾双方见面就是对话，秦王宫殿如何，仪仗如何，威仪如何，都省去了，简直如同广播剧，上场就是掐架，见面就是面红耳赤，杀气腾腾。秦王和唐雎的矛盾瞬间凸显，至于主线之外，其他都是浮云。

我们如果有机会阅读《战国策》的其他篇目，或者《史记》中的文章，也会发现这个特点。例如苏秦游说诸侯，并不怎么描写各诸侯国首都的风景和场面，上来就开门见山：苏秦说赵王曰，苏秦说齐王曰……

读者最关心的当然是苏秦游说的过程和结果，如果过多铺陈景色、场面，就会让读者的注意力游离，从而厌倦。全程"无尿点"可以说是先秦两汉典籍追求的最高目标。

所以，写作要充分把握好对话描写。人物的性格、内心活动，都可以在其中得以显现。

《唐雎不辱使命》之所以被读者接受，除了对话场面的逼真生动、人物性格的鲜明突出，还有一个重要因素，就是它在字里行间透露出来的情感，比较符合人们的心理需求。

唐雎面对的是"暴秦"——秦国在统一天下的过程中不免使用高强度的暴力，除了消灭六国的军队，同时也有滥杀百姓的现象，这自然会激起很多人的反抗。唐雎的形象集中反映了人们反抗强权、不畏暴力的诉求，唐雎的胜利集中反映了人们对以弱胜强的英雄的崇拜。所以，不管史上有没有发生这样的事，从人物塑造角度而言，唐雎的形象最终立稳脚跟，流传了下来。

文章的写作，有时必须考虑读者的接受心理。

妙笔生花密码

从文章接受角度而言，受众在乎的往往是艺术的逼真，未必是历史事件的可信。正因如此，一些虚构的历史小说反而能被广大读者所接受。

想要文字受欢迎，就得了解时代的发展趋势，以及群众的内在呼声。

另外，说句题外话，秦灭六国之后，像安陵君这样的小诸侯能够存在，其实还是有例可循的。卫国在秦统一天下后，继续存在，直到秦二世时才被取缔。也许，唐雎不辱使命这件事，确乎发生过。

名作体验阅读
MINGZUO TIYAN YUEDU

【西汉】刘向，《战国策·魏策四》
唐雎不辱使命

以少胜多的表达，主题要明晰

我倒在地上，沉沉的静寂将我紧紧地包围。

这时，有人蹑足悄悄走近我身旁，我想看看是谁。然而，这时已暝色四合。是谁……谁的一只我看不见的手，轻轻拔去我胸口上的匕首。同时，我嘴里又是一阵血潮喷涌。从此，我永远沉沦在黑暗幽冥之中……

——《竹林中》，芥川龙之介

　　写作离不了取材。所谓取材，自然隐含着取舍的意思。收集了大量素材，而文章篇幅有限，便不能把所有材料都塞进去。就算全塞进去，也不见得文章就一定有好的表现力。至于哪些要取，哪些要舍，这项技术活儿可不简单。用抽象的理论很难将这个问题讲清楚，我们不妨举个例子，再来读一下名篇《曹刿论战》。

　　《曹刿论战》是我们都知道的一篇很重要的文言文，其故事情节看似简单，线索好像也很粗略，无非就是"一鼓作气，再而衰，三而竭"的故事，阅读起来一目了然。但别忘了，这则简单明了的故事背后，其实是一场大规模的战争，并且涉及一次重大的政治事件，细思起来一点都不简单。

文章所描述的齐国和鲁国之间的这场战争，就是长勺之战，发生在公元前 684 年，按照《春秋》纪年，为鲁庄公十年。就在此前一年，即公元前 685 年，齐国内乱。这年夏天，鲁庄公干涉齐国事务，出兵护送公子纠回齐国，想要扶助其成为齐国国君。

同时，公子纠的弟弟，公子小白，即后来的齐桓公，也回国争夺国君之位。结果，公子小白获胜，成为齐国新的国君。于是，支持公子纠的鲁国和齐国结下梁子。齐桓公一等自己的地位稳定下来，就急不可待地出兵鲁国，以报此前之仇。

从这些背景看，齐鲁之战的信息量十分丰富，涉及两国间的政治、军事、外交，乃至高层之间的私人恩怨。就当时而言，是一起涉水很深的大事件，下笔写来自然是千头万绪，有一团乱麻之感。作者是怎样高明地处理的呢？

✎

我们读《曹刿论战》，似乎鲁国军方的参谋就只有曹刿一人，这恐怕不是事实。一场倾全国之力应对的大规模战役，鲁国的参谋、智囊、将领肯定纷纷献策，他们之间也必然有争论。像《资治通鉴》记载"赤壁之战"时东吴主战派和主降派的争吵，花了很长的篇幅。仅是诸葛亮对孙权的劝说，就是洋洋洒洒一大篇，几乎是整个《曹刿论战》的篇幅。长勺之战前，鲁国内部的争吵肯定不比东吴冷清，怎么只剩这么一点呢？

这就是《左传》作者高明的地方。他把这些人物全部舍弃了，独独突出一个小人物：中下层官吏曹刿。在不改变历史事实的情况下，通过曹刿这个真实的历史人物，将所有错综复杂的线索整合起来，使这场战争呈现出简单明晰的轮廓。

将错综复杂的线索，全部捋成一根粗线，很可能丧失事件的全面性。但从阅读的角度看，确实明白晓畅多了。更难能可贵的是，作者想表达的东西并没有因此被削弱。

《左传》作者选曹刿做主角，如同《红楼梦》选刘姥姥做线索一样，颇具匠心。荣国府这么大一户人家，千头万绪，不知从何说起，一个刘姥姥的插入，线索就分明了。曹刿的出现，也将这场大战的线索整理得清清楚楚。至于其他大人物的态度和意见，因为对战争不起决定作用，也就可以忽略不计了。

人物取舍的标准是什么，可以从多个方面考虑。就文章节奏而言，要看其对于整个事件有没有推动作用——曹刿就掌握了整个战争的节奏；就线索而言，要看他是来添乱的，还是起清理作用的——曹刿使战争的关键因素凸显了，尤其是他与鲁庄公在战前的那场关于司法、人心的对话，使胜负因素更明显了；就吸引关注而言，要看他是让叙述变得平庸了，还是让叙述变得曲折有力度了——曹刿给长勺之战增加了悬念，也增加了传奇色彩：以中下层官吏作为高层参谋，行吗？他的战略思维靠谱吗？悬念就是吸引力，就是关注点。

虚构小说情节固然难，但在不违背历史真实的情况下做材料的取舍也不容易。这就是《曹刿论战》最了不起的地方。

一场战争能不能被后人记住，不光是战争本身决定的，也要看记录者是怎么来解读它的。

关于长勺之战，其解读方式肯定是多元的。可以解读为不畏强权，以弱胜强；也可解读为团结一致是制胜的法宝；当然，也可解读为打仗没有智谋寸步难行……

和材料取舍一样，对复杂事件的解读也是纷纭芜杂的。取舍不当，同样会给创作添堵。怎样

妙笔生花密码

同样一个历史事件，主题设置不同，流传效果自然不同。在筛选主题时，我们有必要认真思考以下问题：你想表达什么，社会需要你表达什么，以及什么样的主题能引起共鸣。

195

选取想要表达的主题呢？其实，想让文章流传下去，最好选取显示时代动向的主题。

总结长勺之战这样重要的历史事件，最好能站在一定的高度，借其探寻社会发展的脉络。曹刿的出现，其实是适应时代发展的必然的，因为这个智慧的"小人物"昭示了当时新的社会走向，那就是士人阶层的崛起。有智慧的中下层人物开始以越来越主动的姿态介入社会事务，而曹刿所谓的"肉食者鄙"，也充分显示了他们的这种自信。因此，这场战争想被历史铭记，被后人关注，表现这一社会发展趋势，从小人物的角度切入是再好不过了。

同样一个历史事件，主题设置不同，流传效果自然不同。在筛选主题时，我们有必要认真思考以下问题：你想表达什么，社会需要你表达什么，以及什么样的主题能引起共鸣。当然，就考场作文而言，除了要考虑价值观正确、能获得认可以外，也必须考虑如何让自己的观点更加"惊艳"。主题决定高度，如果这一点没有做好，材料的取舍就容易失去标准和灵魂。

一场重大的战役，就军事技术而言，要记录的东西实在太多了——对峙双方如何排兵布阵，如何进行间谍活动、侦察活动，以及对地形的介绍描述……然而，大部分读者对复杂的军事技术是没有兴趣的。比如一部精彩的战争电影往往不是非常全面地反映那场战争的，很多时候只是选取最能凸显"人"的那些部分。比如好莱坞经典影片《兵临城下》，就是通过两个狙击手的技术对决和人性对决，去表现苏德大会战的。

《曹刿论战》也是如此，不为读者所青睐的技术层面的因素被忽略，完全通过曹刿的视角来把握整场战役的节奏。具体而言，就是敌方的三通战鼓。这是极其高明的手法，等于将头绪纷乱如麻的战役简化成了三个回合的比赛。

材料简单了，故事却更精彩了，人物形象也得到了凸显。同时，作者想要表达的战略思维也更清楚了：战斗必须要一鼓作气，当然时机也很重要，一定要等到敌人懈怠的时候再出击。

中国古代的史官，实在都是了不起的作文高手，起码就取材而言不遑多让。因此，我们阅读古代经典，切切不可放过他们这方面的写作经验，并要充分加以借鉴。

名作体验阅读
MINGZUO TIYAN YUEDU

【春秋】左丘明，《左传·庄公十年》
曹刿论战

记得住的描写，要有差异点

我在自己成为鼓手的第一天，就成功地给了世界一个信号，在成年人根据我一手制造的所谓事实真相去做说明之前，我自己先把病因讲清了。从此以后，他们便这么说：我们的小奥斯卡在他三岁生日那天，从地窖的台阶上摔了下去，虽说没有折断骨头，可他不再长个儿了。

——《铁皮鼓》，君特·格拉斯

古代文人写一处亭台楼阁，往往是有深刻用意的，但十有八九还想"推广"一下这些景点。王勃的《滕王阁序》、欧阳修的《醉翁亭记》莫不如是。历史也证明，他们的目的达到了，这两处景点都成了名胜古迹。

打造旅游线路，提升景点乃至整个地区的文化品质，是旅游宣传文案的创作重点。《醉翁亭记》推出的"和太守一起游"项目，无疑为这片之前不甚闻名的地区，加入了文人情怀，注入了旅游基因。

而对于天下已经详知的旅游景点，要找出新的内涵和创意点来，该如何操作？

我们不妨看看范仲淹《岳阳楼记》的一拨操作。

范仲淹的好朋友滕子京，是巴陵郡的地方官，在将这里治理得欣欣向荣之后，可能他也想搞旅游开发，于是于公元 1044 年重修了当地的名胜岳阳楼。"越明年，政通人和，百废具兴。乃重修岳阳楼，增其旧制，刻唐贤今人诗赋于其上。"

接着，他想请人推一篇"文案"，纪念这件事，顺便为地方旅游业增加"流量"。请谁呢？他首先想到了好友范仲淹。一来范仲淹有才，这个毫无疑问；二来范仲淹堪称大人物，当时他身为朝廷枢密副使、参知政事，这在宋代是级别非常高的官员了。

范仲淹操刀这篇"文案"时，时间已经到了 1045 年，当时的他变法失败，离开了京城。

为岳阳楼写记的难度其实并不小，因为岳阳楼在当时已很有名，可以说是黄金景点。这座高楼紧靠洞庭湖，远眺长江，视野开阔。哪里值得看，哪里有风景，"驴友"们心中都很清楚，要怎样操作才能写出惊喜和陌生感呢？

写熟悉的风景，确实挺难的。按照大家已有的认知把风景再写一遍，你堂堂文豪，还好意思吗？不怕被天下读书人笑话？

一处已经闻名遐迩的旅游景观，要写出新意来，就必须从更深层的内涵去挖掘。而更深层的内涵从何处寻觅呢？

其实，人们到一个景点旅游，不仅仅带着眼睛和手脚而已，更重要的是心情，要看过去的人生和近来的经历。总结起来，就是心态。所有的旅游，都是心态游。

要充分发掘景点的内涵，不妨抓住欣赏的心态，从心态角度拓展另一片天空。而且，范仲淹当时也处于人生的波动期，庆历新政刚刚失败，他十分惆怅和彷徨。抱负不能施展，这个时候来写岳阳楼，自然也带着这种感伤情绪。

带着情绪写文章，那就对了，文章是有感情的事物，不注入情感，就生动不起来。因此，范仲淹决定跳开岳阳楼周边熟悉的风景，"衔远山，吞长江，浩浩汤汤，横无际涯，朝晖夕阴，气象万千"，二十来字就打发完毕，接着很快进入主题：心态的主题。

所以，写文章要尽量避免和文章内涵无关的东西，那些无关之物，最多简单交代一下，然后要紧紧围绕主题来布局。

范仲淹是如何布局的呢？

他的重点最后落在了看景的心态上——"迁客骚人，多会于此，览物之情，得无异乎？"这么多文化人聚集在这里，你们赏景的心情，不会有什么不同吗？看到这里，我们就知道，范先生要写的是心态，而不是风景。接下来，所有的风景都蒙上了感情色彩。由此，旅游线路自然分出四条：从气候季节来看，岳阳楼洞庭湖风景区可分为晴天游和阴雨游；但从游客心情来看，可分为得意游和失意游。当然，晴天游线路和得意游线路重叠，而阴雨游线路和失意游线路相互交融。

晴天游是这样的："春和景明，波澜不惊，上下天光，一碧万顷，沙鸥翔集，锦鳞游泳，岸芷汀兰，郁郁青青。而或长烟一空，皓月千里，浮光跃金，静影沉璧，渔歌互答……"春风和煦，天气晴朗，鱼儿鸟儿都在欢快地活动，岸上花草秀丽，能见度极好，波光也很迷人，渔夫还在水上开演唱会。与之对应的是得意游："心旷神怡，宠辱偕忘，把酒临风，其喜洋洋者矣。"

阴雨游是这样的："淫雨霏霏，连月不开，阴风怒号，浊浪排空，日星隐曜，山岳潜形，商

妙笔生花密码

风景是客观存在的，但我们在写文章的时候，完全可以按照自己的想法进行具有创意的布局。这样一来就等于塑造了新的风景，这才是真正高明的游记。

旅不行，樯倾楫摧，薄暮冥冥，虎啸猿啼。"阴雨连绵，阴风怒号，看不到日月，也看不见山峦，连船都在波浪中动荡，到了天黑的时候，还听见老虎和猿猴叫。与之对应的是失意游："去国怀乡，忧谗畏讥，满目萧然，感极而悲者矣。"离开家乡，担心别人说自己坏话，看上去一片萧条，感伤到了极点，十分悲伤。

不知不觉，我们便被范仲淹设置的情绪之网捕捉。

我们既然走入了范仲淹重新规划的旅游线路，那么顺着走下去，最后会走到哪片景区呢？

在展现了四条不同线路的画面之后，范仲淹马上适时推出了岳阳楼洞庭湖旅游的正确打开方式：不以物喜，不以己悲。

不要因为外界的遭遇和自身经历而产生或悲或喜的情绪。

你以为这只是范仲淹在安慰自己吗？是，也不是。除了自我安慰，实际上，这也成了范仲淹为这座楼、这汪湖开发出的新的文化内涵。就是说，来这里旅游的游客，都可以打上"不以物喜，不以己悲"的标签。你能来这里，就说明你是个淡定的人，是个意志坚强的人。

一句话，能来岳阳楼登临看湖的，都不是简单的人。当然，这个"不简单"不仅是意志坚强、情绪平静，还得积极向上，这才是这个旅游"文案"的核心：先天下之忧而忧，后天下之乐而乐。能来这里，说明你是高端人士，至少说明你有庙堂情怀。这条旅游线路直接被定位成了一条精品线路，意在吸引精英阶层，他们有情怀又有银子。

好，"文案"的最后，范先生忽然来了一句"微斯人，吾谁与归"，这相当于一个寻找最幸运"驴友"的小互动——谁来我们岳阳楼，谁就有资格做宋代宰相范大人的好朋友。这显然是拿自己做了岳阳楼景区的形象代言人，真跟《醉翁亭记》中欧阳修的现身说法有异曲同工之妙。范仲淹的《岳阳楼记》，从旅游文案这个角度看，真是满满的套路！

风景是客观存在的，但我们在写文章的时候，完全可以按照自己的想法进行具有创意的布局。这样，就等于塑造了新的风景，这才是真正高明的游记。🍍

名作体验阅读
MINGZUO TIYAN YUEDU

【宋】欧阳修，《醉翁亭记》

【宋】范仲淹，《岳阳楼记》

用亲历的事说事儿，文章更给劲儿

　　我生活中充满了疑问，都得我自己去找寻解答。我要知道的太多，所知道的又太少，有时便有点发愁。就为的是白日里太野，各处去看，各处去听，还各处去嗅闻，死蛇的气味，腐草的气味，屠户身上的气味，烧碗处土窑被雨以后放出的气味，要我说来虽当时无法用言语去形容，要我辨别却十分容易。

——《从文自传》，沈从文

　　《游褒禅山记》是很多人中学时代都读过的古代名篇之一。王安石治学治国乃至为人的精髓，都在这里有所阐发。比如其观点：世上奇伟瑰怪之景象常在于"险远"，学习和研究要"深思而慎取"。这篇短短的文章信息量很大，要弄懂王安石一生之用心，不可不读他的《游褒禅山记》。

　　然而，要领会这篇文章的精髓，非经长期的体验感受不可。不少人刚接触这篇文章时，对其好处和妙处，完全体会不出来，甚至觉得它索然无味。但多年以后，会忽然觉得它妙不可言，内蕴深厚。所以，《游褒禅山记》是一篇真正的"内涵帖"。

　　记得自己第一次读《游褒禅山记》，是在高中。说句实在话，初步印象也是索然无味。为什么呢？这当中有个比较。

读《岳阳楼记》，此文有气象万千、宏伟瑰丽的景物描写，比如"衔远山，吞长江，浩浩汤汤"，比如"薄暮冥冥，虎啸猿啼"，再比如"浮光跃金，静影沉璧"。在领会作者"先天下之忧而忧，后天下之乐而乐"之前，先有扑面而来的画面感，乃至音乐感。它是赏心悦目的，然后在此基础上大受教益。

再有《醉翁亭记》。此文清新隽永，有回环曲折之妙。山间朝暮之景，四时之美，都一一呈现，历历在目。人物活动和山间景物之间相互映衬，盎然有趣，如在目前。不管你能不能理解醉翁深层的用意，至少醉翁亭周边的风景就能让你陶醉。

总之，《岳阳楼记》和《醉翁亭记》充满优美的画面，饱含着深沉的感情。而《游褒禅山记》缺乏的似乎正是画面感，尤其是优美的画面。它读来既不壮观，也不秀丽。没有画面感作为基础，对于作者王安石提到的奇观"常在险远"和"深思而慎取"的道理就几乎无感了。

《游褒禅山记》不仅没有优美的风景描写，更没什么故事性。唯一的事件就是几个人探洞无果，其间也没有对幽静洞府的具体刻画。当时学习这篇文章，完全是本着提高分数，有利于考试的目的，硬将它啃下来的。

然而，《游褒禅山记》并不会就这样走出我们的视野，一直黯然神伤地待在那里。其实，一篇好的文章，有时是需要用人生经历去琢磨和体验的。等到我们有成长经验的时候，心中的《游褒禅山记》也会跟着一起成长。

对于《游褒禅山记》的文化内涵，我几乎到三十岁之后，才深有体会。文中最让王安石痛心的事情是探索未果，半途而废。文中交代，这主要是因为有同伴打了退堂鼓，还找借口说："不出，火且尽。"再不出去的话，火把就要熄灭了。

王安石当时其实身在一个探险团队，在历险的过程中，大家心里都在做进还是退的琢磨。整个团队的心理是很脆弱的，畏惧害怕和好奇勇敢同时并存，就看天平朝哪个方面倾斜，而倾斜的力量掌握在每个人手里。这时候任何人的一句话，都可能形成强大的心理暗示，积极也好，消极也罢，都会对整个团队产生决定性的影响。

王安石那位朋友的那句话，正好契合了队友们心中恐惧的一面，因此大家纷纷退了出来。如果当时有一位队友给予大家积极的暗示，那么，事情可能就会朝着更好的方向发展。王安石是个很有处世经验的人，他在自己的政治和学术生涯中，肯定遇到过不少积极或消极的暗示，也对他的人生产生过或大或小的影响。

因此，王安石表面上是在写游览经历，其实是在写人生，写工作，写事业。我们年少时领会不了这些道理也很正常，但到了一定的人生阶段，自然会茅塞顿开。我们平时学习和工作，可能正值雄心勃勃却又筋疲力尽的时候，很容易被个别人泄气的一句话给彻底击溃。

而发出暗示的人可能是团队里任何一个普通人。王安石的《游褒禅山记》，讲的就是这种人生遭遇。

《游褒禅山记》表面上是游记，但最缺乏的却是风景描写。刚开始读的时候，觉得王先生简直就是"标题党"，把我们都坑了。其实，王安石给我们看的风景不在眼前，而在将来。他给我们看的不是自然界的风景，而是具有深刻内涵的人生的风景。

他在探索洞窟的过程中意识到："入之愈深，其进愈难，而其见愈奇。"越深入就越困难，但风景也越瑰奇。他最后得出结论，史上瑰丽的风景，多在"险远"处。

这不只是王安石游洞的感慨，也是王安石对人生的感慨。王安石终生从事的变法事业，其实也是一项"险远"的工作。王安石的名声能在中国历史上走这么远，和他所从事工作的"险远"是分不开的。变法的阻力，是所谓"险"；变法的目标，是所谓"远"。

一个人要有成就，避开平凡，就得多走一些险地，多走一些远地。选择"险远"的领域，其实就是选择杰出，当然也是选择艰难。选择"夷以近"的地方，你的人生往往容易平凡，甚至失败。"夫夷以近，则游者众；险以远，则至者少。"地势平坦而距离较近，则游客众多；地势险要而距离远，则游客少。短短两句话，却是很多在工作上、事业上有大成就者的切身体会。

因此，在选择工作、选择研究项目时，不妨选择那些让你稍感吃力的。吃力才能让你努力，努力最后才能有力，有力才会让你在竞争中脱颖而出。

那些让你为难，让你退缩的，往往是人生最好风景之所在。

王安石在文中的感触，放在很多地方都有用。

《游褒禅山记》初读时或许有点枯燥乏味，但随着人生阅历的丰富，王先生的文字会变得越来越亲切，越来越发人深省。

因此，经典作品中，那些一见面就很讨人喜欢的要读，那些一时读不出味道，但确实信息量丰富，层次很高的，我们也要读，因为我们还会成长，还会成熟。这后一类文章，就是要等到我们经历成长之后，再与我们相逢的。

当然，说《游褒禅山记》枯燥无味，是就当初的懵懂而言的，实际情况当然并非如此。此文的文笔之美、之妙，也是公认的，只是人的感知和认识有高低之分。所以，在这里不得不向王安石郑重道个歉：不好意思误会了你这么多年，还好我赶了上来。🦐

名作体验阅读
MINGZUO TIYAN YUEDU

【宋】王安石，《游褒禅山记》

文章要出众，选好体裁很关键

他的身体开始发生变化，每一天都判若两人。之前的烧伤逐渐显现出来，首先是嘴巴，接着是舌头、脸颊，一开始是小伤口，后来越来越大。白色薄片一层层脱落……他脸的颜色……他的身体……蓝色……红色……灰褐色。当时的情景，无法用言语形容！无法以文字描述！只会令你感到生不如死！唯一拯救我的是一切发生得太快，根本没时间思考，没时间哭泣。

——《切尔诺贝利的回忆》，阿列克谢耶维奇

想要写好作文——包括各类文学创作——就必须熟读优秀作文。好的作文，也是读出来的，模仿出来的。其实，我们从小学到大学的语文课本，都是"优秀作文选"，只不过选的基本都是名家得意之作。可以说，我们是读着"优秀作文选"长大的。

只是随着时代变迁，我们的作文教材隔一段时间就会换，篇目也会换。然而，中国古代有一套"作文教材"，却始终屹立在文化的制高点上，不仅没得换，而且成了专家们的研究对象，历代很多才子都是读着它成长的。

哪套"教材"能如此霸气呢？它就是著名的《昭明文选》。

其实，在中国的写作、阅读史上，"优秀作文选"一直没有断过，很早以前就有人开始编纂了。当然，按照专业术语，这些书应该叫作"诗文选集"。同现代一样，供读者熟诵并模仿，以提高自己的写作水平，也是这些选集的目的之一，因此戏称它们为"优秀作文选"也不为过吧。

很早的时候，文艺青年们就意识到，想要提高文化水平，包括阅读和写作水平，作文范本是必须要有的。我们的国民教育家孔子早就意识到了这个问题，于是编了"诗三百"，也就是后来的《诗经》。孔子的眼光自然是极严苛的，从上古到周代，这么多年，他就选了三百多篇。诗歌要入他的眼，真心不容易。

别以为诗就不是作文，诗其实堪称最精练的作文。孔子就说，读了我编的这个，出使诸侯国，在外交场合交流就没有问题了。而且读它们还可以"兴观群怨"，用来抒发感情，观察社会，建朋友圈，发发牢骚都可以。只要引用得当，这些诗句就是利器。总之，只要读好了这本"文选"，你就具备基本的语文素养。无论哪个社会，都是需要语文素养的。开个派对，做个报告，和人交谈，文学素养好的人往往占上风。

随着时代的发展，写文章的人越来越多，信息量剧增，想要学习优秀作文，拓宽视野、加深思想，就只能硬着头皮一本一本、一家一家地去读，难度大不说，效率也不高。一些编纂者"苦览者之劳倦"，同情同学们阅读量太大，太辛苦，于是做了"采摘孔翠，芟剪繁芜"的工作。所谓孔翠，是指孔雀和翠鸟的羽毛，比喻精华。也就是这些编纂者做了去粗取精的工作。他们采集历代诗文精华，去掉那些质量不如人意的，集成优秀读本。于是，类似"诗三百"这样的"优秀作文选"越来越多。

实际上，编纂优秀文选的不只思想家和教育家，还有其他各领域的大家。知道杜预吗？他是西晋时期的大将军。这位能人在军事上颇有才华，在消灭东吴一统南北的战役中，是西线部队总指挥，可以说立下了汗马功劳。成语"势如破竹"就是他说的，用以形容破吴的顺利。杜预在忙于军事的闲暇，居然编了一本《善文》，五十多卷，是一本质量上乘的散文选本。

再比如葛洪。他是东晋著名的术士、炼丹家，对现代医药中青蒿素的研发起过很重要的启示作用，他也是优秀作文选本的坚定支持者，并且编了《碑诔诗赋》一百卷，功劳不小。

　　总之，古代的读书人想要写好作文，哪怕远在春秋战国时期，也不缺好的范文。而在作文教学的漫漫长路上，我们始终有充满使命感的好老师。在明朝，编选八股文参考书甚至成了一个产业，很多作文高手都靠这个补贴家用。清朝时，有两位文艺青年，吴楚材和吴调侯，一直担心同学们作文写不好，于是编了一本普及版的优秀作文选——《古文观止》，其影响也是很大的。

　　中国的古代文化史，既是一个流传的过程，也是一个流失的过程。历史上的很多"作文选本"都已失传，尤其是南北朝时期的，想读也读不到了。这一方面与战乱动荡有关，一方面可能也与受众的审美趣味变迁有关。那么，那些急于提高作文水平的同学该怎么办呢？其实根本用不着紧张，一方面是江山代有"新书"出，旧的不见，总有热心人编纂新的；另一方面，总有一些经典，会历久弥新，经得起战乱，经得起淘汰，当你想起它的时候，寻找它的时候，它总在那里，比如《昭明文选》就堪称古代"作文选"中的经典之作。

　　能否编出一本经得起时间考验的作文选，跟编者的眼光有很大关系，编者不厉害，书也牛不起来。这本叫《昭明文选》的作文选本，是南梁王朝的太子萧统主编的。大家看过热门电视剧《琅琊榜》的话，会发现里面尽是些聪明俊秀的人物，此剧很多人物的原型即脱胎于史上的南梁王朝，而这个王朝颇有些颜值和才华都很出众的人物。

就说这个萧统吧，他是梁武帝的太子，史载他三岁读《论语》，五岁读遍儒家经典，读起书来基本是扫描式的，"数行并下，过目不忘"。他不只会读书，写文章也棒棒的，每次聚会，梁武帝都会让萧统写作文，基本都是一气呵成。语文素养高，办事自然也漂亮。萧统十二岁时判案，已很符合当时的法律程序。

偏偏萧统的弟弟萧纲，也就是后来的简文帝，也是个聪明绝顶的狠角色，哥哥读书数行并下，他却是一目十行，兄弟俩的阅读速度简直开了挂。

说这么多，其实就是给《昭明文选》打个广告，一本文选质量好不好，关键得看"小编"素质高不高，萧统都厉害成这样了，这本文选的质量当然信得过。

那么，这本文选为何要加上"昭明"二字呢？因为萧统谥号"昭明"，故后世称其为"昭明太子"，他编的作文选，当然就称《昭明文选》了。这和《康熙字典》还有区别，《康熙字典》只是挂康熙的名而已，康熙本人根本不参与编辑工作，而《昭明文选》则不然，萧统作为编者，从思想指导到编辑校对，都曾亲力亲为。梁王朝对这套文选的编纂，那是相当重视，专门拨款组织了一套班子，萧统亲任组长。

一套教参要有过人之处，必须要有过人的理论高度。作为组长，萧统显然站在了一个很高的高度，他充分认识到，我们要编的这个本子，无论文章的体裁是什么，绝对不能枯燥无味。作为文艺青年，得为广大文艺爱好者服务，那么我们编的这本书必须具备相对纯粹的文学特质。有了高超的理论眼光，文章编选才能卓尔不群。文章卓尔不群自能流传久远，并且风行天下。后来的历史充分证明"小编"萧统的策划能力是一流的。

于是，中国历史上第一部偏于纯文学的诗文选集产生了。"事出于沉思，义归乎翰藻"，这是一部颇有艺术价值的作品集。当然，这部作品也不是为了文学而文学，其中一些文采好得令人膜拜的文章，本来属于实用文体的范畴，比如诏令、书信等。但因为它们写得实在太出色了，当成文艺青年学习的范文再好不过了。

例如大名鼎鼎的《出师表》，本来是臣子写给君主的奏章，读来却能令人泪眼婆娑，文学感染力太强了，于是它能顺利入选。这就是眼光。古人能把应用文写得文采斐然，这是值得学习的。其实我们今天也一样，一些会议报告或名人教子的书信，也能归于文学范畴，成为优秀作品。

除了理论高度，《昭明文选》在实用性方面也很用心。七百多篇范文，分成三十八个门类，具有很强的针对性。例如看到一座超级大都市，你想写一篇赋来夸赞一下，而且要夸得有水平，不急，书中收录的《两都赋》《三都赋》早就在等着你了。看见美女，想写篇像样的情书，好，也有《洛神赋》在等着你。离开喧嚣的大都市，身为一名田园男或山林女，想抒怀，有陶渊明的诗歌供你学习。受雇于一家公司，想声讨竞争对手，最好将对方骂得连头痛病都好了，怎么写？《昭明文选》里有陈琳的《为袁绍檄豫州文》，可以作为参考。

《昭明文选》收集的诗文确实堪称精华之作，读熟了可以受用一辈子。自此以后，谁想文章出众，《昭明文选》都是不可或缺的参考书。隋唐时期甚至流传这样一句话——"文选熟，秀才足。"意思是把《昭明文选》掌握熟了，当个秀才没什么问题。可以这么说，隋唐时期没有读过《昭明文选》的，基本不好意思说自己能写文章。那时考举人、考进士，像后世那样只读儒家经典可不行，为应付当时颇有特色的诗赋考试，《昭明文选》必须得备着。

李白曾说，"余小时，大人令诵《子虚赋》"，他读的很可能就是《昭明文选》，而且他所举的偶像，如谢灵运等，基本都是《昭明文选》里的优秀作者。公元730年，吐蕃使者到达长安，奉远嫁吐蕃的金城公主之命，向唐帝国要了一批书籍，其中就有《昭明文选》。而杜甫也曾告诫自己的儿子，要"熟精《文选》理"。到了清朝，《昭明文选》一度有三四十个版本，曾国藩给儿子推荐的必读书目中也有《昭明文选》。

一本"作文参考书"，能得到这么多大师点赞，而且能流传这么久，萧统也算是了不起的图书策划人了。

名作体验阅读
MINGZUO TIYAN YUEDU

《昭明文选·古诗十九首》
《昭明文选·出师表》

文中若有"我"，此"我"要非凡

　　我是傻瓜吉姆佩尔。我不认为自己是个傻瓜。恰恰相反。可是人家叫我傻瓜。我在学校里的时候，他们就给我起了这个绰号。我一共有7个绰号：低能儿、蠢驴、亚麻头、呆子、苦主儿、笨蛋和傻瓜。最后一个绰号就这么固定了。

　　——《傻瓜吉姆佩尔》，艾萨克·辛格

如果，李白写求职信，以他的盖世才华，会怎么写？

公元 734 年，即唐开元二十二年，三十四岁的李白从湖北安陆来到襄阳。前一年，在湖北安陆的桃花岩，李白过着一边读书，一边躬耕的生活，如今他想找份差事。

找事做？那就去参加科举考试啊。但李白实在是个很傲气的人：要我来参加考试，然后你们拿着我的考卷来定三六九等？这实在有辱我的尊严，我要你们恭恭敬敬地来请我。

所以，才华横溢的李白，此前一直没参加过科举考试。然而，又怎么会有人平白无故地请你做事呢？李白当然明白这一点，所以他觉得自己需要写封信提醒对方。

那一年，襄阳的父母官是韩朝宗，人称"韩荆州"。韩朝宗非常乐于荐贤举才，而且他推荐的人采用率很高。于是，李白写了这封气势逼人的"求职信"：《与韩荆州书》。

信的开头，如果转换成现代语言，大概可以这么理解：尊敬的韩老前辈，我翻遍天下所有的论坛帖，发现对于您的评价，排在榜首的是这么一句话——"生不用封万户侯，但愿一识韩荆州。"如果在封万户侯与结识您之间进行选择的话，很多人宁愿选择后者。

做人如此，当然令人景仰。李白接着解释了其中的缘由，为什么韩老前辈会让人敬仰到这种地步呢？实在是因为您大有周公遗风啊。周公原是西周时期辅佐周成王的重臣，他每天日理万机，洗澡时都常有人打扰。但他对人才非常重视，即便洗澡洗到一半，也会握住湿的长发出来接见。有一次，据传周公正在吃饭，忽然听说有奇才到访，他即刻吐掉嘴里的东西，出来迎接。所以，李白才会说韩朝宗有"周公之风"。在那个时代，将一个人与周公相提并论，可谓至高的褒奖。想必韩朝宗对此也很得意吧。

李白接着说，正因为韩老前辈您有周公遗风，才会"使海内豪俊，奔走而归之"。如此一来，您这里简直就是"鱼跃龙门"

的龙门啊，只要您能稍微提点一下，士人们的名声和身价就会暴涨。李白说的也许是事实，但其中肯定不乏溢美之词。

既然韩老前辈您有周公遗风，自然应该承担起荐贤举才的职责，"愿君侯不以富贵而骄之、寒贱而忽之，则三千之中有毛遂"。可以想见，当普通人看到李白这样赞誉自己的时候，对于"龙蟠凤逸之士"自己不举荐都不行啊！

当然，李白的最终目的是希望韩朝宗看到自己的不凡之处，所以一番自荐之词紧随其后就在所难免了。"白，陇西布衣，流落楚、汉。"李白承认自己不过是陇西地方的一介布衣，曾漂泊于楚汉之地。其实，李白三十一岁时还在长安漂泊过，当年秋还因路费不足，滞留于洛阳。

李白曾在自己的名作《侠客行》中写过"十步杀一人，千里不留行"的豪侠，李白自己也许就是这样的厉害角色，所以他在这封求职信中介绍自己"十五好剑术"。十五岁就是剑术高手，加之"三十成文章"，文武双全的李白此时当然有资本炫耀与他交往的皆是各地"诸侯"与"卿相"。实际上，李白也真没吹牛，他妻子的爷爷是前任宰相许圉师，而他的"朋友圈"里还有唐玄宗的"精神导师"司马承祯这样的人。李白去长安的时候，甚至一度住在玉真公主的别馆里。

不过，李白似乎也意识到了自己的短处，那就是身材不够高大。也许他没达到大唐帝国成年男子的平均身高吧，但这又怎样！李白笔锋一转，说自己"虽长不满七尺，而心雄万夫"。我虽然个子不高，但胸襟百千丈，一人可抵万人。韩老前辈您若不信，尽可以去问那些王公大人，他们都赞许我有气概，讲道义。"有志气"也许自古以来就是夸赞未建功立业之人的"最佳用语"，豪放如李白这样的人物也不能免俗啊！

介绍完自己的履历，李白接着主动要求接受"面试"和"笔试"："必若接之以高宴，纵之以清谈，请日试万言，倚马可待。"韩老前辈您如若肯用盛宴来接待我，清谈高论自不在话下，至于日写万言，我手不停挥，顷刻可就。

李白的冲天才气自然值得好好介绍一番，不过这些表面是自我展示，其实也是在施加压力："今天下以君侯为文章之司命，人物之权衡，一经品题，便作佳士。而君侯何惜阶前盈尺之地，不使白扬眉吐气，激昂青云耶？"韩老前辈您是当今天下品评文章，决定人才命运的重量级人物，您又何必在乎台阶前那一点地方，从而让我失去扬眉吐气、壮志凌云的机会呢？错过了我这样的人才，将是国家很大的损失啊！

当然，只施加压力是不够的。想说服一个人，最好站在对方的立场上，说明一个人为什么应该这么做。所以，李白在信中写道："昔王子师为豫州，未下车，即辟荀慈明，既下车，又辟孔文举；山涛做冀州，甄拔三十余人，或为侍中、尚书，先代所美。"从前王子师担任豫州刺史，未到任即征召荀慈明，到任后又征召孔文举；山涛作冀州刺史，选拔三十余人，有的成为侍中、尚书。这些事迹都是前代人所称赞的，值得仿效。其实您韩老前辈，之前已经举荐过严协律，他最后进入朝廷做了秘书郎，此外还有崔宗之、房习祖、黎昕、许莹等人，都受过您的恩遇。他们怀恩感慨，忠义奋发，无疑是您对他们推心置腹、赤诚相见的结果。既如此，我不愿归向他人，只愿托身于您，"傥急难有用，敢效微躯"。如逢艰难，有可用之处，我当效犬马之劳。

最后，为了不把话说死，李白不得不做了些让步。他给自己找了一个台阶："人非尧舜，谁能尽善？白谟猷筹画，安能自矜？"一般人不是尧、舜那样的圣人，谁能完美无缺呢？我的谋略策划，又岂能自我夸耀？不过，为了显示自己的才华，李白还是决定献上自己的一些作品，并表示只要承蒙赏识，愿意多看，只管给些纸墨，还有抄写的人手，更多作品很快就能誊写呈上。"庶青萍、结绿，长价于薛、卞之门。"作为真正有才华的人，李白当然希望自己能像青萍宝剑和结绿美玉一样在懂得其价值的人门下增光添彩。这无疑是李白最殷切的期望。

作为一封"求职信"，居然写成这样，我们不得不说李白实在是才华横溢，气势逼人。清代名著《古文观止》的编纂者赞叹说，这封信从头至尾"不作寒酸求乞态"，不知道除了不肯"摧眉折腰事权贵"的李白，还有谁能如此。结果似乎可以预料，李白不仅没找到工作，连面试的机会也没有。

韩朝宗可能连李白的作品都懒得看，他虽然乐于推荐人才，但也是个有脾气的人。有一次他想举荐襄阳第一才子孟浩然出来做官，确实也准备了酒宴等孟浩然来聊一聊，结果孟浩然居然大醉，没及时赶到。韩老先生气得再也不搭理孟浩然了。李白信中透出的狂放比之孟浩然恐怕有过

妙笔生花密码

作为一封"求职信"，居然写成这样，清代名著《古文观止》的编纂者赞叹说，这封信从头至尾"不作寒酸求乞态"，不知道除了不肯"摧眉折腰事权贵"的李白，还有谁能如此。

之而无不及，想必韩朝宗是很难接受了。

不过，退一步想，李白的"求职信"或许根本不是用来求职的，而是要作为文学作品流传千古的。如果韩朝宗真的给了他区区一个小官，说不定李白的际遇和境界就与后来截然不同了。所以，我们大可不必为李白的"求职信"毫无回音而抱不平。李白被韩朝宗拒绝了，但更高层次的贺知章、唐玄宗却在等着他，让他一下子名扬天下。🌰

名作体验阅读
MINGZUO TIYAN YUEDU

【唐】李白，《与韩荆州书》

设好大前提，平凡日常变奇幻

　　巫师看见密集的火焰爬上了墙壁。有一会儿，他想逃到水里躲起来，但后来明白，死亡就要来结束他的晚年，解脱他的劳作了。他向着火焰走去。火焰却并不咬啮他的肉，反而抚爱地围裹住他，既没有炙热，也没有烧灼。他宽慰，他谦卑，他惶恐，他明白：他自己也是一个幻影，一个别人在做梦时看见的幻影。

——《圆形废墟》，博尔赫斯

　　《口技》是很多人都非常熟悉的一篇清代文学家林嗣环的文章。学习这篇文章时，我们在大赞表演者技艺精妙的同时，也难免产生深深的疑惑：这么简单的道具，仅凭一个人的口舌，真能产生如此立体而繁复的"音效"吗？

　　你瞧，一个人表演，一桌、一椅、一扇、一抚尺而已，却产生了千百个人呼喊，千百个小儿哭泣，千百条犬吠叫，众多房屋被焚而崩塌的声音。这种技艺是不是真有？

　　曾留心过一些电视节目和马戏表演，发现现代口技表演者主要是模仿鸟鸣、交通工具的声音，例如黄鹂、喜鹊、燕子和鸽子的鸣唱，或者火车、汽车、轮船的声音，以及自然界的风声雨声。再高级一点，就是模仿明星的音色和发声方法，虽然惟妙惟肖，曲尽其妙，但都以单一声音为主，很少听到异常复杂多变的声音，更不用说一时有千百人之音了。

怀着这样的疑惑，也问过专业人士，当然是不明所以。

从小到大，这始终是一个疑问，从来没有得到解决。直到自己成为文字工作者，有过无数次琢磨文字的经验，忽然有种感悟：《口技》或可看成是一篇披着说明文外衣的"科幻文"，一篇不动声色、深藏不露的"科幻文"。

这篇"科幻文"最了不起的地方，在于它让我们"相信"了世界上还有这么神奇的口技，至于世界上是不是真有这么高明的口技，反倒不那么重要了。

写文章写得天花乱坠不见得是什么厉害的本领，但写得离奇古怪却让人相信了，能用平凡的事物打造出奇幻的效果，读者又浑然不觉，这才是真本领。

那么，《口技》这篇文章是怎么达到这种效果的呢？

首先，有一点是肯定的。写科幻作品，未必要写没见过的事物；写魔幻小说，也未必要写跟我们相距十万八千里的故事。

将普通的事物重新排列组合一下，同样能产生化腐朽为神奇的效果。

《口技》一文中，没有很多科幻小说家笔下令人惊异的概念，也不涉及时空穿越、宇宙探险、外星族类等科幻元素，也没有神仙怪道等人类社会所不曾有的事物和现象，作者笔下，全是现实中既有的事物。

诸如巷子中的犬吠，妻子打哈欠的声音，丈夫说梦话的声音，再就是小孩醒来的啼哭声。无论是妻子轻拍孩子哄其入睡，还是丈夫起来斥责孩子，都不过是平凡家庭中常见的响动，如在耳边，如在眼前。作者描写的事物是存在的，描写的手法是朴实的。接下来火灾发生，虽然是少见的灾难，但也不是什么太陌生的事物。火灾中人们的种种慌乱举动，各类声音的混杂，也都属平常事。

然而，作者将这些平淡无奇的事物错综交叉起来，令人惊异的效果却产生了。"俄而百千人大呼，百千儿哭，百千犬吠。中间力拉崩倒之声，火爆声，呼呼风声，百千齐作；又夹百千求救声，曳屋许许声，抢夺声，泼水声。凡所应有，无所不有。虽人有百手，手有百指，不能指其一端；人有百口，口有百舌，不能名其一处也。"

一张嘴巴便能同时发出各种声音，众人的哭声，群狗的叫声，房屋倒塌的声音，大火燃烧的声音，呼呼的风声，泼水的声音，抢夺东西的声音，一起涌上来。为什么我们相信了林嗣环见到的口技表演真能达到这样的效果？

首先是因为它涉及的是普通的事情和人物，在我们的经验范围之内，便于接受，然后表演效果神奇而不神怪——与我们的生活有一段距离，但又不是那么遥不可及。

想象一下，单独模仿一种熟悉的声音，我们会顿时觉得很亲切，甚至很有趣，"这在日常生活里听过"。然后，将各种熟悉的声音综合起来，交织起来，虽然增添了难度，但你仍不会觉得荒唐。作者就是这么"狡猾"，在我们可以接受的范围之内，偷偷增加了一点不同于日常生活的东西，偷偷减少了一点可信度，但我们还是不知不觉地接受了。

所以，所谓的神技，未必是那种根本无法操作的技巧，而是那种接近生活，有一定可行性，但又有相当难度的技巧。

作者抓住了我们这么一个心理：习惯在平常的事物中寻觅神奇，习惯在熟悉的事物中感受陌生。那些犬吠，呓语，哭喊，火声，都是寻常存在的，但交织在一起，就变得神奇了，而且这种神奇，在我们看来，是可信的，是可以接受的。至于当时真实的口技表演有没有这样神奇，能不能产生这样的效果，已经不是很重要，只要写得让人相信就成功了。

《水浒传》里鲁智深倒拔垂杨柳，妙就妙在拔出一棵大树这种神力在常人看来虽夸张了一点，但似乎又不是那么荒唐；它距一般人的能力有点儿远，但似乎又不是不可能完成的。其实，鲁智深徒手拔出一株大树，在现实当中只能算是"科幻"情节。

《口技》之所以可信，很有代入感，除了写得逼真，用熟悉的事物慢慢增强可信度，在艺术上还有一个手段，就是预先设置一个前提，让我们先入为主。前提设置好了，后面的细节就有了依托，我们接受起来就容易产生想象和联想，与文字描述牢牢联系而不脱节。

《口技》里有相当一部分篇幅写的是一户人家晚上的活动，即便发生了一场火灾，那情景也是很多普通人都非常熟悉的，可为什么我们读起来还是觉得很有趣味呢？就是因为作者已事先向我们提示，我接下来要写的是口技。

作者先设定了口技这个概念，我们就容易入戏，接下来描写的那些不起眼的生活细节，一旦和口技结合起来，就有了神奇的色彩。

好莱坞经典科幻影片《星际穿越》里，其实并没多少特效，很多所谓的外星场景，都取自北欧国家冰岛，而且宇航员驾驶飞船的情形也很普通，但为什么它们能产生神秘动人的效果呢？原因就在于导演和编剧先设置了一个框架：宇航员这是在穿越虫洞去另一个星系。因此，虽然取景地是在地球上的北欧，但观众因为接受了预先设定的"星际旅行"这一概念，自然会顺理成章地把电影里的外景当成外星。

再如好莱坞另一部经典科幻影片《火星救援》，宇航员在火星基地的一个棚子里种土豆。其实，火星上的蔬菜棚只是地球上的一个摄影棚而已，但因为整部影片设定了"火星生存"这一概念，观众先入为主，便真觉得那是火星上的蔬菜棚了。

这两部科幻影片所做的前提设置，可以说与《口技》在创作上有异曲同工之妙。

也就是说，如果我们想把事情写出"脑洞大开"

妙笔生花密码

如果我们想把事情写出『脑洞大开』的感觉，像科幻电影那样陌生又吸引人，文字未必要天马行空。只需设置一个大的前提，情节上重新排列组合我们身边的人和事也是可以的，就像一种并不复杂的变形游戏。

的感觉，像科幻电影那样陌生又吸引人，文字未必要天马行空。

只需设置一个大的前提，情节上重新排列组合我们身边的人和

事也是可以的，就像一种并不复杂的变形游戏。

名作体验阅读

MINGZUO TIYAN YUEDU

【清】林嗣环，《口技》

再厉害的创作，总有一刻是在"学"

今天全没月光，我知道不妙。早上小心出门，赵贵翁的眼色便怪：似乎怕我，似乎想害我。还有七八个人，交头接耳的议论我，张着嘴，对我笑了一笑；我便从头直冷到脚根，晓得他们布置，都已妥当了。

——《狂人日记》，鲁迅

　　要说蒲松龄写的《聊斋志异》跟司马迁写的《史记》有内在联系，还真有点让人诧异。猛一看，它们除了都用文言文写作外，似乎八竿子也打不着。《史记》讲的是正经八百的历史，《聊斋志异》讲的则是入不了经史的神怪；《史记》写的多是史上有名有姓的非凡人物，基本都有事实依据，至少不会刻意虚构，而《聊斋志异》写的基本都是些名不见经传的落魄书生，花仙鬼狐，荒诞不可信，切切不能当成史实看待。

　　然而，凡事不能只看表面。任何一个民族的文化、文学，从表面看似乎互不相干，其实内里却有一条线索贯穿，形不似却神似。《史记》和《聊斋志异》确实是有着内里联系的两部经典，甚至可以说前者就是后者的"源头"。

古人著书立说，或为记载历史，以传后世；或为惩恶扬善，劝诫世人；或为吟咏性情，歌颂美好……凡是提笔著文，总有一个动机，而其中一个很重要的动机便是倾泻"孤愤"。

有着非凡抱负的文化人，对于时代的发展，往往有前瞻精神，一时不合流俗，便不免产生孤独感、愤怒感，形诸文字，便极富感染力。例如屈原，感时伤国，愤而作《离骚》，"离骚"本身就含"牢骚"之意，愤怒之情溢于言表。再如《水浒传》，被古人评为一部"怒书"，其中满是替天行道之怒，以武抗争之怒。而《红楼梦》作者曹雪芹说自己"满纸荒唐言，一把辛酸泪"，其实也是对"孤愤"的抒发。

《史记》同样是一部倾泻"孤愤"之书。司马迁在"自序"《报任安书》中说："盖文王拘而演《周易》；仲尼厄而作《春秋》；屈原放逐，乃赋《离骚》；左丘失明，厥有《国语》；孙子膑脚，《兵法》修列；不韦迁蜀，世传《吕览》；韩非囚秦，《说难》《孤愤》；《诗》三百篇，此皆圣贤发愤之所为作也。"在司马迁眼里，从《周易》到《诗经》，都是"发愤"之作。秉承这种精神，司马迁写了《太史公书》，也就是《史记》，希望"藏之名山，传之其人，通邑大都"，把自己的所见所闻记录下来，保存起来，流传下去。

后来，到了唐代文豪韩愈这里，司马迁所谓"发愤"之说，被更通俗地阐释为"不平则鸣"，并广为所知。个人的不幸遭遇与超越时代的远见卓识，形成了司马迁的"孤愤"，《史记》也由此成了一本充满悲愤之情的奇书。作为我国最宝贵的文化遗产之一，它一直以来都是公认的最重要的古代经典之一。

《聊斋志异》直接继承了自古以来圣贤著书的"孤愤"精神。蒲松龄的一生，表面看起来很是平静。他早年贫困，才华横溢，年纪轻轻便以县、府、道三考第一而闻名籍里。他和妻子勤于生计，省吃俭用，加上有贵人帮扶，晚年也有些良田房屋，还算不错。

但蒲松龄的所谓平静只是表面的平静，对时代的深刻观察和独特领悟，还是让他"孤愤"难平。尤其多次参加省试不第，功名不得，"随风荡堕，竟成藩溷之花"，好比落花随风飘荡，坠在篱笆厕所这些肮脏卑微之地，有才不得其位，只能借狐仙花妖寄托自己诉说不得的情怀，"浮白载笔，仅成孤愤之书"。

从抒发"孤愤"之情的创作动机看，蒲松龄的《聊斋志异》

便与司马迁的《史记》有内在传承关系。而且蒲松龄向太史公学习的意图，也极其明显，其中最明显的证据是，《史记》中司马迁时常站出来发表评论，是为"太史公曰"，而蒲松龄在《聊斋志异》中也经常站出来发表评论，是为"异史氏曰"。所以，说司马迁是蒲松龄的"指导老师"还是证据确凿的。

关于司马迁和蒲松龄的创作心态——司马迁的"发愤"也好，蒲松龄的"孤愤"也好，其实并非一种对什么都不满，对什么都抱怨的精神状态。它应该说是一种充满建设性与创造性的精神状态，其中包含对美好事物和人性的赞美，对历史"正能量"的肯定，以及对美好未来的期许。而且这种赞美、肯定和期许是占主要位置的，否则，《史记》与《聊斋志异》不会流传这么广、这么久。要知道，正是因为富于积极向上的力量，并带给人们美好的幻想，很多历史事物才最终经受住了时间的考验。

✎

《史记》是我国第一部纪传体通史，它以为人物作传的形式记录历史，一切材料、一切手法都围绕历史人物展开和布局。既然以人物为中心，其文学性就非常明显了，因为文学就是以塑造人物为核心的。创作过程中，司马迁又非常注意将自己的情感倾注在历史人物身上，变相传达自己的观念，这也决定了《史记》会是文学性非常强的历史著作，甚至有点类似于伟大的悲剧，像莎士比亚的《哈姆雷特》《李尔王》。

《史记》刻画人物，最常用的是白描手法，扣住人物所处的特定环境，及人物的个性、经历、言行，用简洁的语言进行刻画，没有太多的枝蔓，却异常生动传神。事实胜于雄辩，我们不妨来看一个例子。如《万石君传》，本篇写的是汉代人物石奋，他为人极其谨慎，每日诚惶诚恐，生怕自己行为上有什么小的差错。他的这一性格影响得一家人都谨小慎微。有一回，石奋的长子石建上书奏事，结果发现"马"字的尾巴上少了一画（汉代用隶书）——"'马'者与尾当五，今乃四，不足一。上谴死矣！"如果皇上发现了，怪罪下来，那就死定了。石家人战战兢兢、小心惶恐的状态通过几句话就形象地表现出来。

这种写人的手法，蒲松龄也很拿手，我们且用《聊斋志异》里大家都很熟悉的《促织》一篇来对照。《促织》里有这么一段，成名的儿子对父亲捉来的蟋蟀很好奇，忍不住打开玩耍，结果把用来上贡的蟋蟀弄死了。成名的妻子骂儿子耽误父亲的大事，要灾祸临头。"母闻之，面色灰死，大惊曰：业根，死期至矣！

而翁归，自与汝复算耳！"成名妻子因为儿子弄死蟋蟀的惶恐惊惧，栩栩如生地呈现在我们眼前，尤其是那句"死期至矣"，和石建的"死矣"，其口气几乎完全一样。可以说，成名的妻子就像"聊斋版"的石建，石建就像"史记版"的成名妻。两人身份不同，虚实不同，但心情却是相似的，紧张的气氛也很相似。

再如《史记》里的《项羽本纪》和《聊斋志异》里的《叶生》，也能看出两者的传承关系。项羽兵败垓下，带着残余人马突围而出，想到自己半生功业毁于一旦，不由得悲从中来，哀叹道："令诸君知天亡我，非战之罪也。"我项羽今天失败，是天要亡我啊，不是因为我战争失利！寥寥一语，英雄末路的悲壮就很立体地突显出来。蒲松龄直接将这句话用到了自己笔下的人物身上。在《叶生》里，主人公叶生聪明而好学，但屡试不第，在经历了诸多挫折之后，叶生悲愤地说："使天下人知半生沦落，非战之罪也。"这完全就是项羽那句话的翻版。叶生虽然是一介书生，其内心的悲愤却和项羽的英雄末路有几分相似。蒲松龄一生同样科考不利，在这里不过是借叶生的悲剧一抒内心的"孤愤"罢了。

再如蒲松龄写《商三官》，民女为父报仇，其慷慨赴死、义无反顾之势，完全就是《刺客列传》的翻版。可见，《聊斋志异》是在以写史的方法作志怪，他的情怀跟司马迁是相通的。

实际上，任何民族的文化都是一脉相承的，前人的文化基因就保存在他们的作品里。把前人的作品研究透了，他们的"能量"也就传递给了我们。即便我们今天不写人物传记，也不写"鬼故事"，但《史记》和《聊斋志异》这两部著作的艺术表现手法，却完全可以被我们运用到切合自身实际的创作中去。蒲松龄从《史记》中读出了一部《聊斋志异》，我们又何尝不可以向前人学习，拜司马迁、蒲松龄等古人为师，让他们成为我们的写作老师呢！

名作体验阅读
MINGZUO TIYAN YUEDU

【清】蒲松龄，《聊斋志异·叶生》

后记

　　熟读经典，就真的可以下笔如神，倚马可待吗？倒也未必。古人想要写好文章，除了熟读经典，其实还别有书籍可供参考，那就是对创作经验进行深入总结的书籍，比如成书于南朝时期的《昭明文选》。你想写什么，里面就有相应的范文可供参考，可谓包罗万象。

　　其他各种类型的文学表现手法，各种类型的文学表现对象，古代几乎都有典籍可供查阅。创作，实际上除了是各种思想与知识的集合，也是一门技术，一门手艺，需要经验的传承和理论的总结。如果没有文学培训的途径，即使把经典烂熟于心，创作起来也不见得能够真正做到妙笔生花。让更好的文学经验得以传承，便是此书创作的初衷。

此书之成，与本人长期的纸媒职业实践有一定关系。本人曾是《广州日报》"国学版"主笔，在"国学版"写下了五百多篇解读古代文化的文章，本书中的《经典作品中的"尬聊"时刻意趣多》《如何将没悬念的故事写得步步惊心》《诗与远方，独辟蹊径成奇景》《以有情写世情，浮生自然有佳境》数篇，最早即刊发于《广州日报》，后广为传阅。能够为读者创作更多有益的文章，得到大家的喜爱，深感荣幸。是为记。